転換期を読む14

ランペドゥーザ／A・フランス／メリメ◆著

西本晃二◆編訳

南欧怪談三題

未來社

目次

装幀——伊勢功治

南欧怪談三題

ランペドゥーザ
A・フランス
メリメ

ジュゼッペ・トマージ・ディ・ランペドゥーザ

鮫女《セイレン》

あれは、あの一九三八年の秋も終わりに近い頃のこと、僕は人間という動物にホトホト愛想を尽かして、すっかり落ち込んでしまっていた。

当時トリーノに住んでいたのだが、まだ僕の眠っているうちに、「可愛娘《かわいこ》ちゃん第一号」が「五〇リラ札でもないかしら」と、僕の服のポケットというポケットをひっくり返したものだ。そして、こともあろうに、「可愛娘《かわいこ》ちゃん第二号」が寄越したメモ書きにぶつかったという次第。しかもそのメモがまた、単語の綴りときては間違いだらけというのに、われわれ二人の仲がどうなってるかだけについては、ぜったい間違いようのない書きぶりというわけだった。

有無をいわさず僕は叩き起こされ、悪口雑言《あっこうぞうごん》の雨霰をくらった。ペイロン通りのわが「ねぐら」にはトリーノ弁の悪罵が響き渡り、「あんたなんか、目ん玉ほじくりだしてやる!」と、本当に爪を立てて飛びかかってきた。それを、可愛い小悪魔の左の手首をちと捻らせていただいて、あやうく危難を逃れた次第。だが、このまったく正当な防衛行為のおかげで、騒ぎは静まりはしたものの、二人で奏でてきた愛の調べ《ソナタ》もまた、完全終止符《フェルマータ》を打つこととなってしまった。可愛い彼女は、そそくさとドレスを着終わると、ハンドバッグにパフから口紅、ハンカチ、そして「諸悪の根源《カウザ・タンティ・マーリ》」の五〇リラ札をも突っ込むなり、「豚野郎《ブルクム》！」と僕の鼻面に十重《とえ》二十重《はたえ》の悪態をブチまけて部屋の外に飛び出して行った。その怒り狂っていた小半時間のあいだ、ああなんと可愛かったことか！　僕は窓から、彼女の姿が、マンションの玄関を出て、薄く立ち籠めた朝靄の中に、スラリと丈高く、取り戻した恰好よさを撒き散らしながら消えて行くのを、ただただ見送るばかりだった。

　以来、二度と彼女の顔を見たことはない。それはまた、目の玉が飛び出るほど高かった黒のカシミア・セーター、これがまたあいにくと仕立てが、男物といっても女物といっても、どちらにでも通用する代物《しろもの》だったが、そのセーターにも、二度とお目にかかるチャンスがなかったのと、まったく同様だった。彼女がベッドに残していった物といっては、「目立たぬ《インヴィジビリ》」が謳《うた》い文句の、螺旋形髪留めピンが二本があるだけだった。

　同じ日の午後、僕はカルロ・フェリーチェ広場のケーキ屋で「可愛娘ちゃん第二号」と落ち合う約束だった。店の奥の部屋、その西隅に置かれた丸い小テーブルがわれわれの定席《じょうせき》と決まっていた。ところがそこには、いつもの栗色の髪、その日にかぎって特にいっそう欲望を掻き立てられ、会いたいと思っていた彼女の姿は見当たらず、代わりに弟で十二歳になるトニーノの奴の、抜け目なさそうな面《つら》が目に入った。トニーノは、ココアの上に、たっぷり生クリームを二掬《すく》いのっけたやつを、呑み終わったところだった。僕が近づいていくと、例のトリーノっ子独特の慇懃ぶった動作で立ち上がり、「ムッシュ」と言った。「ピノッタは来れません、この手紙をお渡しするようにって言いつかったんで。では失礼、ムッシュ、おさらば」と言うと出て行ったが、その際ちゃっかり皿に残っていた二個のブリオシュも浚《さら》っていくのを忘れなかった。象牙色の短信箋には「金輪際《こんりんざい》、絶交」の通告が書かれてあった。僕の恥知らずの振る舞いや、「南部《メリディオナーリ》の連中の不誠実」には、ホトホト愛想が尽きたというわけだった。「可愛娘ちゃん第一号」が追跡調査して第二号を見つけ出し、煽ったあげく、僕が二股かけていたつもりが、まんまと陥し穴に嵌まってしまったのは、もはや明々白々だった。

たった半日、あっという間に、知的な面と肉感的な面、互いに補い合って、じつに具合よかった女の子二人、プラスとても大事にしていた黒のセーターまで失くしてしまったとは！　おまけに、あのくたばり損ないのトニーノの奴の、おやつ代まで僕もちとは！　わが自尊心《ほこり》高きシチリア人の魂は深く傷つけられ、コケにされた己れの姿に、しばしこの憂き世と、その仇《あだ》なる栄華とを捨て去らん、と思い定めることとなった次第ではある。

この隠遁の時期、僕にとって、あのポオ通りのカッフェほど恰好の場所は、ほかに見当らなかった。そこへ僕は、いまとなっては負け犬同然、独りぼっちで、暇さえあればいつでも、とりわけ新聞社の仕事が引けた夕方には、行きつけたものだった。そこは、いってみれば黄泉《ハデス》の国みたいなところで、その住人といっては退役将校とか、年金生活の元裁判官や大学教授といった連中ばかり。そうした影みたいな亡者《もうじゃ》たちは、昼間はポーチの列柱や雲で、日暮れ時ともなると緑色の巨大なランプ・シェードで遮られてはいたが、それでもそこはかとなく洩れ来る淡い光に浸って、チェッカーとかドミノといったゲームに時間を潰していた。しかも声を高めることは絶えてなかった。それはあたかも、何か大きな音がした途端に、影である自分たちの姿が消えてしまいはせぬかと怖れているような具合だった。まったく幽冥界《リンボ》というに相応しい場所だったわけだ。

僕は、いまでもそうだが、習慣性の動物だったから、いつでも店の片隅、客にしてみれば座り心地の悪いことこのうえなしと、わざと計算づくでしつらえたような、角《かど》の小テーブルに座ることにしていた。僕の左手では退役上級将校の亡霊が二名、控訴院の判事殿の幽霊二人を相手に「トリック・トラック」の勝負をしていた。武人派のダイスと法曹組のサイコロが、代わるがわる革製のダイス・カップから音もなく転がり出ていた。右手にはいつも、だいぶお年を召した紳士が、アストラカンの毛皮だが、もうスッカリ毛が脱け落ちた襟付きの、古びた外套にくるまって陣取っていた。ひっきりなしに外国の雑誌を読みまくり、トスカーナ産の葉巻を喫い、ぺっぺと唾を吐き散らしていた。ときどき雑誌を閉じて、葉巻の煙が輪を作って昇っていくのを見ながら、なにか憶い出を追いかけているようにも見えた。それがすむとまた読み出し、唾を吐き散らかすのだった。両手は見るも汚らしくゴツゴツ節くれだって赤味がかり、爪ときては真っ直ぐに切ってあって、かついつも綺麗とはかぎらなかった。だがあるとき、読んでいた雑誌のどれかに、ギリシャのアルカイック様式の彫像の写真が載っていた。例の、目が鼻筋から離れていて、神秘的で曖昧な微笑《ほほえみ》を浮かべている姿だ。するとどうだろう、紳士の不格好な指先が、まさに王者に相応《ふさわ》しい優しさと慈《いつく》しみとをもって、その写し絵を愛撫しているではないか！　紳士は僕がそれを見たのに気づき、憤然と何事かブツブツ呟きながら、二杯目のエスプレッソを注文した。

われわれ二人の関係は、もしもある幸運《さいわい》な偶然が起こらなかったなら、ずっとそのまま、敵意をはらんだ状態に留まっていたことだろう。というのは僕はカフェへ、いつも編集部から五～六部の日刊紙を持ってやって来ていたのだが、あるとき、そのなかに『シチリア新報』が紛れ込んでいるということがあった。折しもムッソリーニの『民衆文化省《ミンクルポップ》』がめっぽう幅を利かせていた時期とて、どの新聞もみな似たり寄ったりの有様だった。パレルモ刊行のその新聞の当日号ときては、常にも増してありきたり、ミスプリントだらけなのを別にすれば、ミラーノやローマ発行紙と、なんの違ったところもありはしなかった。で、僕はざっと一通り目を通しただけで、小テーブルの上に新聞を放り出したものだ。僕のお隣りさんが声をかけてきたのは、まさにもう一つ別の『民文省《ミンクルポップ》』のおけらに、僕が目をやろうとした途端だった。「失礼、貴方の、その『シチリア新報』、ちょっと拝見させてもらっても差し支えないかな？　私はシチリア人だが、もう二十年この方、郷里《くに》の新聞にはお目にかかったことがないのでね。」声音は教養に満ち溢れ、アクセントときては一点非の打ち所もなかった。僕を見つめる老人の灰色の眼《まなこ》には、深い無関心が浮かんでいた。「どうぞ、どうぞ、お好きなように。私もシチリアの者です。もしもお望みなら、毎晩この新聞を持ってくることだって、お易い御用ですよ。」「ありがとう、でもそうしていただかなくても結構。ただ単に、生理的な好奇心から、そう言ったまでだから。もしもシチリアが、まだ私のいた当時のままだったなら、あそこで何か碌《ろく》な事が起ころうはずがない。もう三千年この方そうだったようにね。」

読むといって、ただ紙面にちょっと目を走らせただけ、あとは折り畳んで返してよこすと、またなにか小冊子を読むのに没頭していった。帰る時間が来たとき、むろん僕なぞに挨拶せず、フケてしまいたいのはわかっていたが、今度は僕の方から席を立って、自己紹介してやった。なにか口の中でモグモグと名前みたいなものを言ったが、よく聞こえなかった。もちろん握手のために手を出すようなことはしなかったが、カフェの入口まで来たところでくるりと向きなおり、帽子を持ち上げるや「同郷《くに》の、お晩で！」と、野太い声で怒鳴ると、ポーチを潜って姿を消した。これには僕も唖然とし、ゲームをしていた亡霊どもからはいっせいに非難の呻き声が湧き上った。

あの（左手を挙げ親指をパチンと鳴らして）、奈落の底からボーイを呼び出す呪文にも似た身振りをやらかして、現れ出《いで》たるボーイに、僕は空席となったテーブルを指し「あの紳士は、いったい誰方《どなた》かね？」と尋ねてみた。すると「誰って」が答えだった、「誰って、上員議員のロザリオ・ラ・チゥーラさんで……」

その名前は、僕みたいな新聞記者の、欠陥《あな》だらけの知識しかない者にとってさえ、相当の重みを持っていた。さてはあれは、文句なしに、世界的名声を有する五人か六人のイタリア人のうちの一人、われわれの時代の最も高名なギリシャ学の大家だったか！ 道理で担いで来る膨大な学術誌の山と、それに載っていた彫像写真への愛撫にも、なるほどと納得がいった。あのぶっきらぼうな応対にも、またさりげなく洗練された振舞いにもだった。

翌日、社に出て、例の近々《イン・スペ》鬼籍にお入りの方々のため用の、特別カード索引を繰ってみた。「ラ・チゥーラ」のカードもちゃんとあり、たまたまこれは結構よく纏められている分だった。そこには、かの大人物は「アーチ・カステルロ（カターニャ県）生まれで、小市民階級の貧しい家庭出身。ギリシャ語研究における驚くべき才能と、次々と与えられた奨学金、および続々と発表された研究論文により、弱冠二十七歳でパヴィーア大学においてギリシャ文学の講座担当となり、その後トリーノ大学の同じ講座に招かれて、定年まで同大学に在職。オックスフォードとチュービンゲンでも講義を行ない、数多くの海外出張、それもかなり長期にわたるものを経験する。

それというのも、ファシスト時代以前からの上院議員で、リンチェイ学会員、イエール、ハーヴァード、ニューデリー、東京各大学の名誉博士。」むろん言わずもがなのことだが、「ヨーロッパで最も高名な諸大学、ウプサラ、サラマンカなどからも名誉博士号を贈られている。」とあった。発表論文のリストときたら長いのなんのって！　また「著作の多く、とくにギリシャ語のイオニア方言に関するものは、同分野における基本的参考文献と認められている。それにトイブナー叢書のなかで、ドイツ人ではない外国人としてただ一人、ヘシオドス作品集の校訂を委託される。かつその版につけたラテン語の序文がまた、比類ないほど深遠な学術的価値を有する。」といえばもう十分だろう。とどのつまり、これこそ最高の栄誉というものだが、「ムッソリーニお手盛りイタリア学士院《アカデミー》のメンバーなぞではない」、というわけだ。「彼を、学識という点では優るとも劣らぬ他の同僚たちから不断に分かつものは、ほとんど肉感的といえるほどの、古典古代に対する生き生きとした感受性で、そのことはイタリア語で書かれた随筆集『神々と人間たち』において明らかであって、同書はただに深い学識のみならず、躍動する詩情によってもまた、傑作と認められている。いうなれば、同氏は国民の名誉、文化の全ての面における導き手にほかならない。」とカード執筆者は締め括っている。「年齢七十五歳、とりたてて裕福というわけではないが、当人の年金と上院議員として支給される手当により、その地位に恥ずかしからぬ生活を送っている。独身。」とあった。

いくらそうでないと言ってみても無駄なこと、われわれイタリア人、ルネッサンスの最初の申し子（それとも「産みの親」）であるわれわれイタリア人は、偉大な人文主義者こそが他のいかなる者にも勝って尊敬に値する存在だと信じて疑わない人種なのだ。それがいまやなんと、その半ば魔術がかった、しかも金とはまったく縁のない精妙な「智《サピエンツァ》」の、当代最高の代表者と日常的にお付き合いできることになろうとは！　この考えは僕の心に誇りを呼び起こすとともに、また少なからざる不安をも呼び醒《さま》した。それは、まだ若いアメリカ合衆国の青年が、億万長者のミスター・ジレットに紹介されることとなって感じるのと、似たり寄ったりの気持ち、すなわち畏れと、尊敬と、それにいかなる卑しさをも含まぬ羨望の念とが入り混じった感情であった。

夕方になると、僕はあの幽冥界に、それまでの日々とはまったく違った気分で降り立った。上院議員閣下は、もういつもの席に来ておられ、僕の恭《うやうや》しい御挨拶に、ほとんど聞こえるか聞こえないかの呟きで応じられただけだった。だが、ある論文を読み終え、お持ちの手帳にメモを書き込まれると、僕に向かって驚くべく音楽的、まるで歌うような調子で声をかけられた。「同郷《くに》の」と言った、「お前さんが儂《わし》に挨拶した仕方で、ここの亡者《もうじゃ》どもの誰かがあんたに、儂が誰だか言ったようだな。そんなのさっさと忘れることだ。中学で習ったギリシャ語『定過去《アオリスト》』の活用も、まだ忘れておらんのなら忘れてしまえ。それよりお前さん、姓名は何だかちゃんと言ってくれ。

昨晩ボソボソとお定まりの、わけのわからん自己紹介をやらかしおって！　儂の方はな、お前さんみたいに、誰かに聞いて名前を知るという手はないんだから。だって、ここにはお前さんを知ってる者なぞ、むろん誰もおらんだろうからな。」

喋り方には、尊大な無関心さがあった。彼にとって僕はゴキブリ以下の存在、陽の光のなかに当てどもなく漂う、埃の破片《かけら》みたいな存在でしかないことは明らかだった。だが平静な声音、曖昧なところのまったくない正確な言葉の選択、お前さんという呼び掛けには、プラトンの「対話篇《ディアロゴ》」を思わせる清朗さがあった。

「姓名はパオロ・コルベーラで、パレルモ生まれ、法学部を卒業。現在はここで、『ラ・スタンパ』紙の編集部で仕事をしています。御安心のために申し上げると、上院議員閣下、中学の卒業試験で、ギリシャ語は五点プラスを取りましたが、『プラス』は卒業証書を出してやるため、お情けで下駄を穿かせてくれたと思われるフシがあります。」

ニヤッと、半ば口を開けて笑った。「そう言ってくれて、それでよし。その方がいい。大学の同僚どものように、なにも知らぬくせに知ったかぶりをする連中と喋るのは真っ平だ。連中ときたら、結局のところギリシャ語の上っ面しか知らんのだ。破格形や不規則形とかな。死語なぞという馬鹿げたレッテルを貼られてしまったこの言葉がもつ、生き生きとした精神《こころ》は連中には明かされてはおらん。それにだいたい連中に明かされたことなぞ、なにもありはせんのだ。まったくの話、哀れな連中だ。これ、このギリシャ語という言葉を耳で聴き、感じたことがないというのに、いったいどうやって、その精神を知ることができるというんだ？」

「傲慢《おごり》」は、なるほど、偽善的な「謙遜《へりくだり》」よりはマシだ。けれども僕には、上院議員殿がちょっと言い過ぎではないかと思えた。一瞬チラっと、その類《たぐ》い稀な素晴らしい頭脳にも、お年のせいで、いささか軟化が起こったのではないかという気さえしたことを付け加えておく。仰せの、古代ギリシャ語を耳にする機会といって、上院議員殿にしたところが哀れな同僚先生方とまったく同様、つまり全然ゼロだったのではなかろうか？

そんなことにはお構いなく彼は続けた、「パオロ……お前さんはいい名前をもらって仕合わせだ。キリストの使徒のうちでただ一人、多少なりとも教養の破片《かけら》を身に付けて、文辞の何たるかを心得ていた人物の名に肖《あや》かったとはな。でも（ギリシャ語聖書をラテン語に訳した）ジローラモ（＝ヒエロニムス）だったら、もっとよかっただろうにな。お前さんたちキリスト教徒が持ち歩いておる、そのほかの名前ときたら、まったくひどすぎる。奴隷の名前だよ。」

聞いて、ますます幻滅した。これではどこの大学でもお目にかかる、坊主嫌いのインテリとまったく同じではないか。それにホンの少しばかり、ファシスト的ニーチェ主義のワサビを利かせただけのこと。そんな程度の人物だったのか、まったくの話？

彼の方はどんどん話し続けた、それは聴く者の心にしみ込むような抑揚をもつ話し振りだった。

が、同時にまた、おそらく話し相手もないまま、長い間じっと黙っていた者が、どっと堰を切ったように喋り出す、そんな勢いも感じられた。「コルベーラか……間違っとるかも知れんが、これはシチリアの由緒ある家名でないかな？　父がアーチ・カステルロで住んでいた家の、ほんのケチな額の年間家作料を、はっきり憶えておらんがパリーナだかサリーナだったかの、コルベーラ家の差配のところに納めに行っていたのを憶えとる。いや、そればかりでなく、納めるたびに冗談めかして、この世に本当に確かなことがあるとすれば、そのわずか数リラの家作料が、おやじの言い方ではほんまに地主の懐に入ることだけはないと言っとった。が、お前さんは、その本物のコルベーラ一族の者か、それとも地主の苗字を勝手に名乗ることにした百姓の倅《せがれ》か、どちらだ？」

僕は、じつは自分がまさに、そのサリーナのコルベーラ家の出で、それも一族のうちでただ一人残ったメンバーですと、白状せざるを得ぬ羽目と相成った。一族がやらかした、あらゆる奢侈《しゃし》、すべての罪、虚偽申告・未払いの科料《かりょう》など、つまるところ、ありとあらゆる「山猫紋所《ガットバルデリーア》」の横暴が、積もり積もって僕一人の背負うところとなっております、と白状せざるを得なかったわけだ。ところが思いがけないことに、上院議員閣下は御満悦の様子だった。

「それはいい、素晴らしい。儂《わし》は旧家というものに大いに敬意を払っておる。旧家には憶い出、つまり歴史というやつがある。もちろんほんのチッポケな歴史でしかないがな。それでもほかの家と比べれば、一族について、より多くの憶い出があるということだ。お前たち、泡沫《あぶく》みたいに消えてしまうのではなくて、この世で肉体的な不滅を得ようというのなら、人の憶い出が一番だぞ。さっさと結婚するんだな、コルベーラ、お前たちが時に抗《あら》がって生き残ろうとして、やらかすことといったら、とんでもない畑に己れの精液《たね》を播き散らかすのが関の山なんだから。」

いや、まったく堪忍袋の緒が切れそうだった。お前たち、お前たちって、いったい誰がお前たちだというんだ？ ラ・チューラ上院議員閣下に生まれつく幸運にあやかれなかった者全員、その惨めな連中がお前たちか？ で、御当人は、その「肉体的不滅」とやらを、お手に入れられたとでもいうのか？ それにしては、お皺の目立つ顔、下腹の迫り出した図体で、そんなことが言えた義理だろうか……。

「サリーナのコルベーラ家か」、平然と彼は続けた、「儂《わし》が、ほんの一時青春《いっときわかさ》を保つだけの、いつか教えた小僧の学生どもの一人みたいにお前さん呼ばわりしても、あんた腹は立てんだろうな？」

僕は——実際そうだったのだが——そうして頂いて光栄であるとともに、ありがたく存じておりますと申し上げた。というような次第で、これで姓名とか係累《けいるい》紹介とかいった儀式は相済みとなり、話題はシチリアに移っていった。彼はもう二十年この方《かた》シチリアに足を踏み入れたことはなく、最後にあっち（と、ピエモンテ式に「島」のことを言っていた）に出かけたときもたった五日間だけ、シラクーザで（考古学の）パオロ・オルシと、古代ギリシャ劇上演の際、二手に分かれた合唱隊の登場の入れ代わり方に関する問題点について、意見を交換するためだった。「カターニャから儂《わし》を自動車《くるま》でシラクーザまで連れていくといいおった。道路がアウグスタではずっと内陸を通り、いっぽう鉄道の方は海岸線に沿って走ると聞いて、それでやっと承知したんだ。われわれの島の話をしてくれ。馬鹿しか住んでおらんが、でも美しい土地だよ。神々が逗留したこともある。いやひょっとすると、あの情け容赦なく続く八月には、いまでもやってきておるかも知れん。でもあの、つい最近《ちかごろ》できの、ケチな（アグリジェントの）神殿の話だけはやめにしてくれ。だいたいお前さんには、何のことかサッパリわからんだろうからな。それだけは確かだ。」

というようなわけで、われわれは永遠の島シチリアについて語り合った。島の自然、ネーブロディに満《みつ》るローズマリーの芳香、メリルリで採れる蜂蜜の味、エンナの高みから、五月の風の日に、一面の穀物畑の穂がたわわに波打つ有様、シラクーザの近郊を領する静寂《しじま》、六月のさる日暮れ時に、周囲の柑橘類の畑からパレルモの街に向かって、人呼んで「疾風《はやて》」のごとくに吹きおろすオレンジの香りなどについて。いやまだまだ、夏の特別な夜、カステルラマーレの入り江を見晴かす、魔法のような眺め。星々は、静かに眠る海の面にに映り、ビッシリと枝を四方に張り拡げた乳香這松《レンティスキ》の上に仰向けに寝転がった者の魂は天空の彼方に吸い込まれ、いっぽう肉体《からだ》の方は、いつ何時《なんどき》現われ出《いづ》るやも知れぬ魔性《デモーニ》の気配にピリピリに張り詰め、怖れ震いている、といった夜のことについてもだった。

五十年ものあいだ、ほぼ完全に島を空けていたにしては、上院議員殿は驚くほど正確な記憶を、それもいくつかのホンの些細な事柄について留めておられた。「海、そうシチリアの海ってやつは、儂《わし》も生きてる間にいろんな海にお目にかかったがな、あれほど素晴らしい色合いの海にだけは出喰わしたことがない。あれよりロマンチックな海なぞ、ありはせん。お前たちがいくらダメにしようとやったところで、むろん都市から離れた場所での話だが、どうすることもできはせん。海沿いの飯屋《トラットリーア》では、いまでもまだウニの毬《いが》を半分に割ったやつを喰わせるかな？」いまでも出していますと、僕は請け合った。だけれども、と言い足した、チフスに罹《かか》ると危ないというので、喰べる者はほとんどいません、とも。「そう言ったところで、あっちでお前たちが出せる料理《もの》で、あれ以上の珍味はなかろうが。あの、血の滴るように真っ赤な、女のアレにそっくりで、潮と若布《わかめ》の匂いのする、ヌメリとした果肉《にく》！　チフスだと？　チフスがいったいなんだというんだ！　『危ない』って、海のくれるものは、どれもみな『危ない』んだ。『死』をもたらすと同時に、『不滅』をも与えるんだ。シラクーザで、儂はオルシに、有無を言わさず、ウニを食べさせろと言ってやったさ。アア、なんというあの味、それにあの恰好《かたち》ときたらまた！　この五十年間で、あれ以上の憶い出はない！」

僕は仰天した、だがまたスッカリ魅了されてしまった。こんな、まさに卑猥そのものの譬えで悦に入ってみたり、ウニなぞという、とどの詰まりが大したものでもない珍味に、あんな、まるで子供じみた執着を見せる人物だったとは、あり得ることだろうか！

われわれは、まだまだ延々と語りあった。そして帰ることになったとき、彼はエスプレッソを奢ると言ってきかなかった。それも、独特の不躾な言い方でだった。（「先刻御承知だ。良い家の子供っていうのはな、ポケットに一銭も持たせてもらえんのだ。」）というわけで、いまやすっかり友達、とはわれわれの間にある五十歳という年齢の差、互いの教養を隔てる何万光年もの距離を考えに入れなければの話だが、ともかくも友達となって別れることとなった次第だ。

以来、われわれは毎晩、落ち合う羽目となった。じつのところ、僕が人間《ひと》という動物《いきもの》にすっかり愛想を尽かす原因《もと》となった例の憤懣の方は、もうそろそろおさまりかかっていたのだが、それでも僕はポオ通りの幽冥界での、上院議員殿とのお付き合いを欠かしたことは一度もなかった。といっても、それはなにもわれわれが毎回、大いに語り合ったということではない。それどころか彼は論文を読み、メモを取り、そして僕に声をかけるのも、ホンの時偶《ときたま》だった。だが話しかけてくるときはいつも、誇りと人を見下すような傲慢さとが入り混じった、しかし淀みなく調和に満ちた口調でだった。しかもそれがまた、突拍子もない譬えに、不可思議な詩情を混じえた話し振りでだった。唾も吐き散らかし続けた。ただ僕は、それが物を読んでいるときにかぎっての動作なのにも気づいた。彼の方も僕に対して、一種の愛情みたいな気持ちをもったようにも思えた。だが、勝手な幻想を抱くのはよしにした。たとえ愛情があったとしても、それは（上院議員殿の言い癖「お前たち」の向うを張れば）「僕たち」の一人が、もう一人の仲間に対して抱くような感情ではなく、いうなればオールド・ミスが、飼っているカナリアに抱く気持ちのようなものだったろう。すなわち鳥が自分を好いてはいてくれても、その小さな頭では、自分の心をわかってくれるはずがないのは百も承知。だがそれでもペットがいれば、それに向かって声高に繰り言——ただしペットにとってはまったく無関係な繰り言——を掻き口説《くど》くのと同じこと。けれどもまた、もしも鳥がいないとなったら、オールド・ミスはもう居ても立ってもいられなくなる、というのとほぼ同じことだったろう。じっさい僕は、なにかの都合でカフェに行くのが遅れるようなことでもあると、老人の傲岸な眼差しが、店の入口にじっと注がれいるのに気づくようになった。

われわれの話題が、彼の側の、どれをとっても独創的ならざるはなかったが、しかしまた、一般的な事柄にかぎられたコメントを離れて、まさにこれこそが友人同士の会話を、単なる識り合いの通り一遍の会話から隔てる目安である、あのザックバランな話柄《わへい》に移って行くのには、ほぼひと月を要した。しかもそうなるキッカケを作ったのは、僕自身だった。例の、やたらに唾きを吐き散らかす癖、それは僕の気に障って仕方がなかった。（じつをいうと、それはかの黄泉《ハデス》の国の管理人（＝カフェの給仕《ギャルソン》）たちの気にも障っていて、そのあげく、ピカピカの真鍮製啖壺《たんつぼ》が彼の席のすぐ傍に置かれることとなった。）そこでついにある晩、僕は上院議員殿に向かって、「どうして、その頑固な気管支炎《カタル》の治療をされないんですか」と、聞いてみたものだ。なにも考えずに質問を口にしたのだが、言った途端、とんだことをしでかしたと、たちまち後悔した。上院議員殿のお怒りで、店の天井に貼ってある漆喰の化粧壁が、バラバラと僕の頭上に落ちてきはせぬかと首を縮めたものだ。ところが豈《あに》はからんや、張りのある声音で、穏やかな返答が返ってきた。「いや、コルベーラ君、儂《わし》はなにも気管支炎《カタル》なぞ患らっておらんよ。お前さん、なかなか注意深く物事を観察する男のようだが、それなら儂が唾を吐く前、けっして咳をしとらんことぐらいわかるはずだろう。儂の唾は病気のせいなんぞではない。それどころか、儂の精神が健康だからこそ、唾きが出る。読んでおる論文の馬鹿さ加減に腹が立つからこそ、唾きを吐く。お前さんがちょっとこの代物《しろもの》を覗いて見れば（と言って、啖壺を指してみせた）、中に唾はほとんど無く、啖にいたってはこれっぽっちも無いことは一目瞭然だろうが。儂が唾を吐くのは、まったくの象徴的かつ文化的で高邁《こうまい》な動作だ。それが気に入らんというなら、お前さん、あの故郷《くに》のサロンに戻るがいい。あそこでは唾きを吐く者なぞ一人もおらん。なにしろ何事があろうと、ヘド一つ出すことまかりならんという世界だからな。」この並外れた傍若無人さがかろうじて柔らげられていたのは、ひとえに彼の遥か遠くを見詰めているような眼差しがあるからだった。にもかかわらず、僕はただちに席を蹴立てて、上院議員殿を置き去りにして、行ってしまい衝動に駆られた。だが幸いなことに、ことの起こりは自分の軽はずみな発言だ、と思い直すだけの余裕が僕にはあった。そこで僕は席を立たず、すると端倪《たんげい》すべからざる上院議員殿は、たちまち反撃に転じてきた。「で、お前さんは、いったいどういうわけで、この亡者ども、そしてお前さんのいわゆる気管支炎《カタル》で溢れ返った『冥界《エレボ》』なぞにやって来るんだ？　ここは人生の敗残者の定番の溜り場だぞ。トリーノには、お前たちからすれば『蠱惑的この上なし』っていう女の子がいっぱいいるだろうが、エエ？　リヴォリ公園のカステルロ・ホテルか、モンカリエーリのサウナにでも行ったら、お前たちの汚らしい欲情を満足させるのなぞ簡単だろうが。」僕は噴き出してしまった。この博学な人物の口から、トリーノの歓楽街について、かくも正確な情報が聞けようとは！「それにしても、上院議員、いったいどうして、そんな場所を御存知なんです？」「知らいでか、コルベーラ、知っておるとも。学士会や上院議会に顔を出しておれば、そんなことはすぐ知れる。それしか話題がないんだから。だがな、信用してもらいたいが、お前たちの不潔な快楽ってやつは、このロザリオ・ラ・チューラの好みだったことだけは絶対にありはせんのだ。」確かに、そのように感じられた。上院議員殿の物腰や口調には、（一九三八年当時の流行《はやり》の言い方に従えば）「断乎たる」性的禁欲の刻印が捺されており、それは年齢《とし》の多寡とはまったく関係がないことが看てとれた。「じつを言いますと、上院議員、僕がここに来るようになったについては、まさに暫時《しばし》この世を離れて隠遁する気になった事情がありまして。いましがた、いみじくもやっつけておられた女の子たちの二人を相手にして、いささか手酷《ひど》い目に遭わされたというわけです。」応答《こたえ》は電光石火、かつ仮借ないものだった。「寝取られ、間男の角《つの》を生やさせられたか、ええ、コルベーラ？　それとも淋病でも移されたか?」「いや、そのどちらでもありません。もっと酷くて、振られたんですよ。」という次第で、僕は二カ月前の、あのトンマな事件の顚末《てんまつ》を話して聞かせた。幸い僕の「誇り」が受けた傷口にはすでにかさぶたが張り、乾き始めていたから、語り口の方もそれに見合って相応に気の利いたつもり。となれば、このくたばり損ないのギリシャ学者以外だったら誰であろうと、僕をからかってみるか、またはそんな親切者はずっと少なかろうが、同情してくれるはずだった。しかるに、この怖るべきじじいにかぎって、そのどちらもやらかさず、かえって怒り出したものだ。「ホレ見たことか、コルベーラ、そんな病《や》んで、衰弱した生き物たちとツルんでおるから、そんな目に遭うんだ。もしもまかり間違って、その二匹の淫売どもに出喰《でくわ》すことでもあれば、儂《わし》はお前についていま言ったのと同じことを、連中にも言ってくれるぞ。」「『病んでる』ですって、上院議員、二人が二人とも元気ではち切れんばかりの娘《こ》ですよ。スペッキのレストランでパクついてる、二人の喰気《くいけ》を御覧になったら!『衰弱してる』っておっしゃるのもだ、とんでもない! 体つきからして豪勢な娘たちでね、恰好の洒落たことといったら、これがまた、ふるいつきたいぐらいでしたよ!」上院議員はペッ、ペッと憤りの唾を吐き散らかした。「いや病んどるんだ、儂の言うとおり、病んでおる。五十年か六十年のうちには、いやもっと早いかも知れん、くたばってしまう連中だ。だから、もういまから、病んどるも同然だ。衰弱しとるっていうのも同じこと。『恰好が洒落とる』だと、連中がか? ガラクタ製のお上品、盗んだスゥエーターや、映画猿真似の科《しな》で飾り立てた代物だぞ。この世の中には、ほかにも、紅色の真珠や珊瑚の枝をもってきてくれる女たちがいるというのに、連中の愛情ときたら、情人《おとこ》のポケットをまさぐって、中に入っている手垢に塗れた札を抜き取ろうっていうんだから、とんだ愛情だ！　そんな紅《べに》や白粉《おしろい》を塗りたくった案山子《かかし》を相手に乳繰り合ったりすれば、そうなるのが落ちだぞ。それにしてもまあお前たち、お前さんも、その女の子どもも、エエ、もうすぐカタカタ鳴ろうっていう骸骨同士が抱き合って、臭《くさ》いにおいのするシーツにくるまってチュウチュウやらかして、いったい身の毛がよだつような気がせんのかい？」阿呆《アホウ》にも僕としたことがまた「いや、上院議員、シーツは、いつもちゃんと清潔に洗ってありました！」と鸚鵡《おうむ》返しに言ったものだ。「誰がシーツの話なんぞしておる！」と雷が落ちた、「お前たちから漂ってくるのが、どうしようもない死屍《しかばね》の臭いだと、そう言っておるんだ。もう一度言ってやるがな、連中のような、そしてお前さんのような類いの奴らが、どうやって乱痴気騒ぎをやらかすなんてことができるんだ、まったくの話？」これには僕、早くも「ヴェントゥーラ・ファッション・ブチック」の素敵なお針子に色目を使い始めていた僕としては、一言《いちごん》なからざるを得なかった。「イヤ、そうおっしゃられても、高貴の令夫人方としかベッドを共にしてはならんと言われても、なかなかそうはいかんのではありませんかねえ？」「誰が高貴な令夫人とやらの話なんぞしておる？　そんな連中だとて、ほかの者たちとちっとも変りばえせん、屠殺場行きの代物だ。だがな、まあ若いの、お前さんにはこんな話をしてもわかるまい。言って悪かったよ。お前さんにせよ、またお前さんの情人《いろ》にしたところで、例の快楽《たのしみ》っていう汚らしい、腐れ果てた泥沼に嵌り込んでいくのは、とめようがないんだから。じっさいどういうことかわかっておる者ときては、ほんの少ししか、おらんのだから。」そう言うと、天井に目をやり、微笑みを浮べた。その顔には、まさに恍惚とした表情が浮んでいた。そして僕に手を出して握手すると、行ってしまった。

その日から三日間、当人は顔を見せなかった。四日目になると、編集局に電話がかかってきた。「ムッシュ・コルベーラさんで？　私はベッティーナ、上院議員のラ・チゥーラさんの家政婦です。ひどい風邪を引いてしまったが、やっとこのところよくなった。今晩に、夕御飯のあとに会いたいと伝えてくれ、と言ってます。ベルトラ通りの十八番です。九時に来てくれって。三階です。」と言い終わるとプツンと切れて、こちらからは、行くとも行かぬとも返答のしようもない、なんともぶっきらぼうな電話だった。

ベルトラ通りの十八番はおんボロの建物だったが、上院議員のアパートは広々としていて、きちんと手入れが行き届いていた。思うに、そうなっていなければベッティーナの気が済まなかったおかげだろう。入口の部屋から、すでに本の行列が始まっていた。あの、装丁は贅沢なものでなく見かけは慎ましいのが、まさに本物の生きた蔵書であることを示す光景だった。通り過ぎた三部屋には、何千という書物がぎっしり詰まっていた。四番目の部屋に、上院議員殿はラクダの毛で織った、ゆったりした部屋着《ナイトガウン》にくるまって座っていた。その生地の柔らかそうで、ふんわりしていることといったら、これまでお目にかかったこともない見事な部屋着だった。あとになって僕は、それがラクダの毛なぞではなくて、ペルー産の獣の高価な毛で織った生地で、リマ学士院からの贈物であると知ったものだ。上院議員殿は、僕が入っていくと、むろん席を立つような真似はしなかったが、けれども上機嫌で迎えてくれた。もう風邪はよくなった、すっかりよくなった。で、目下トリーノを襲っている寒波が緩まったら、また出歩くつもり、という話だった。アテネのイタリア文化会館から贈られた、キプロス島産の松脂の香りのするブドウ酒を振る舞い、アンカラの考古学調査団が送って寄越した、とても喰べられたものではないピンク色「トルコ甘味《ルクムス》」、それにベッティーナが先見の明で用意しておいてくれた、ずっと真っ当な、トリーノ製の焼菓子《ドルチェ》を出してくれた。とにかく大変な上機嫌で、なんと二度も口いっぱいの微笑を浮かべて、いつぞや「冥界《ハデス》」で自分がカッとなった件について言い訳する有様だった。「わかっておる、コルベーラ、儂《わし》は、本当の話、ごく穏当《あたりまえ》な意見をいうつもりが、つい言い方が激しくなってしまってな。もう、あのことは忘れてくれ。」僕は、本当の話、そんなことはスッカリ忘れてしまっていた。それどころか、名声赫々《めいせいかくかく》たる経歴にもかかわらず、どこか満たされぬものを心に秘め、不仕合わせではないのかと思い始めた、このじいさんに対する尊敬の念でいっぱいだった。じいさんの方は、あの憎ましい「トルコ甘味《ルクムス》」をガツガツ口に放り込んでいた。「菓子というものはな、コルベーラ、甘ければそれでいい、余計な付け足しは要らんのだ。その上にまだ別の味付けがあれば、それはいわば下心のあるキスみたいなもんだ。」言いつつ、いつか入り込んできた大型のボクサー犬のエアコに、菓子《ルクムス》の大きな破片《かけら》を投げ与えていた。「こいつは、コルベーラ、顔は醜いが、その魂《こころ》がわかる者にはな、お前さんの引っ掻き魔女なぞよりずっと不死の存在に近いんだぞ。」蔵書を見せてくれと言ったが、断られた。「どれもこれも古典ギリシャに関するものばかり。お前さんみたいな、気質からしてギリシャ語音痴な者には、面白くともなんともありはせん。」代わりに、われわれが話していた部屋――それが書斎でもあったのだが――を案内してくれた。置いてある本の数は多くなかった。だが、中にティルソ・デ・モリナの戯曲集《テアトロ》、ラモット・フーケの『水の精《オンディーヌ》』とジロドゥの同名の芝居、それに驚いたことにはH・G・ウェルスの作品集まであった。だが代わりにというのもなんだが、壁には巨大な写真が貼ってあって、どれも原寸大で、アルカイック時代のギリシャ彫像の写真だった。かつそれが、われわれだとて簡単に手に入れられるポスターなぞと違って、一見して非常に権威ある依頼主の求めに応じて、世界中の美術館が細心の注意をもって送って寄越したものだということが知れた。じっさい著名な彫像はぜんぶ揃っていた……ルーヴル美術館の「騎士《カヴァリエーレ》」、ターラント出土ベルリン博物館蔵の「座せる女神」、デルフィの「戦士《グヴェリエーロ》」、アクロポリスの「コレ女神」、「ピオンビーノのアポロ像」、オリンピア博物館の「ラピタ婦人像」と「フォエブス像」、それに例の超有名な「御者像《アウリーガ》」も……部屋は彼等の、この世にあらざる、しかもはぐらかすような皮肉《アイロニー》を湛えた微笑で輝きわたり、その何事にも動ずることなき尊大な身振りから生ずる高揚に満ち満ちていた。「見ろ、コルベーラ、こんな女たちなら相手にしても、まあ許せるが、あの小娘どもときては、まったく話にもならん！」暖炉の框《かまち》の上には、古代の酒壺《アンフォラ》や広口甕《クラテーラ》が並べてあった。船のマストにわが身を縛り付けたオデュッセウス、岸壁の高みから、獲物を取り逃すなぞという、まさに許すべからざる失態に、眼下の荒磯に身を投げて滅んでいく海の魔女セイレンたちの姿が描かれていた。「嘘八百だぞ。この連中は、コルベーラ、詩人どものケチな小市民《プチ・ブル》的空想がデッチ上げたまがい物だ。こいつらからは、誰だとて逃れることなぞできはせん。それにまかり間違って、もし誰か逃れる者がおったとして、それっぱかしの取るにも足らんことで、セイレンたちが死んでしまうなんてことがあるわけがない。だいたい、死ぬといって、不死の身なのに、どうやって滅びることなぞできるというんだ？」

小テーブルの上に、ごくありきたりのフレームに入って、一枚の古い、すでに少し黄ばんだ写真が置かれていた。二十代の若い男のほとんど裸の姿、ざんばらになった縮れ毛に、その体の線の類《たぐい》稀な美しさといったら！　全身から、人を人とも思わぬ、向こう見ずな気配が立ち昇っていた。僕は唖然として、一瞬立ち止まった。そして、どういうことか、わかったような気がした。ところが、とんでもなかった。「これがな、同郷《くに》の、これこそが、かつての、そしていまの、そしてこれから先もな（と、ひときわ声を励ました）、ロザリオ・ラ・チューラの真の姿よ。」部屋着《ナイトガウン》にくるまって、お年《とし》を召した上院議員殿は、かっては若さに満ち溢れた男神《かみ》だったのだ。

それから僕らは、ほかの話をして、そして失礼する前に、コインブラ大学総長からの手紙を見せられた。フランス語で書いてあって、五月にポルトガルで開催される予定の、ギリシャ研究国際学会の名誉議長団に加わってもらいたいという招待状だった。「たいへん結構、ジェノヴァから『レックス号』に乗って、ほかのフランスやスイス、ドイツからの会議参加者たちと一緒に行くつもりだ。ちょうどオデュッセウスのように耳に栓をしてな。あの脳足りんどものたわごとを聞かずとも済むようにだ。きっと素晴らしい航海になるぞ。太陽と、大空と海原の紺碧《こんぺき》、そして潮の香りだ。」

帰り際に、もう一度書棚の前を通り過ぎたが、中にウェルスの作品集があるのを見て、おそれながらそんな物があるとは驚きですと言ってみた。「お前さんのいうとおり、コルベーラ、まったくひどいもんだ。とくにある短篇があってな、それをまた読んだりすれば、それこそ一ヵ月間ずっと唾を吐き通したくなるほどだ。そんなことにでもなれば、お前さん、サロンお出入りの犬ころたるもの、大腹立ちとならずにはおれまいが、エエ？」

この訪問の一件以来、僕たちの付き合いは断然親密なものとなった。少なくとも、僕の側からすればそういうことだった。たいへんな手間をかけて、僕はジェノヴァから生ウニを取り寄せる手筈を整えた。そして間違いなく翌日に届くというのを確かめたうえで、エトナ産のブドウ酒と田舎パンを買い込み、怖る怖る上院議員殿に、僕の「あなぐら」を見に来てくれませんかと御招待申し上げた。ホッとしたことには、大満足で承知しくれた。アパートまで僕のフィアット・バリルラ車で迎えに行き、ちょっと遠出だったが、ペイロン街まで引っ張っていった。車に乗ると、いささか不安顔で、僕の運転の腕前にはまるで信用をおかなかった。「いまとなってはもう、お前さんがどんな奴か先刻御承知だ、コルベーラ。もしも下手して、あの、お前さんの、スカートを穿いたチンチクリンのどれかに出喰《でくわ》そうものなら、お前さん傍見《わきみ》して、儂《わし》らは二人揃って鼻面を街角のビルにドシンとなりかねんからな。」目にとまるほどのチンチクリンのスカートに出会うことはなく、われわれは五体満足のまま到着するを得た。

識り合ってこの方、初めて僕は上院議員が本当に笑うのを見た。それはわれわれが僕の寝室に入ったときだった。「ははぁ、これが、お前さんの小汚い情事《いろごと》の舞台ってわけだ。」そして僕のほんのわずかな蔵書を点検した。「なかなかいいじゃないか。お前さん、どうやら見かけより物を知っとるようだな。ホレ、ここの」と、僕のシェイクスピア作品集を手に取って続けた、「こいつはな、いくらか物が解《わか》っとった男だ、——

「豊饒《ゆたか》で不可思議な物に作り変えてしまう、海の魔術」

「海の魔女《セイレン》の弔涙《なみだ》を盛った、どんな秘薬《くすり》を私が呑んだというのか？」

――ってやつだ。

客間に移ったところで、ウニと、それにレモンなどなど、を盛りつけた大皿を捧げて、親切なカルマニョーラおばさんが現われると、上院議員はそれこそ有頂天だった。「これはこれは！お前さん、こんなことにまで気を遣ってくれたか？　どうしてこれが、儂《わし》のこのうえなしの大好物と知っとるんだ？」「これは、上院議員、どうか安心してお上がり下さい。なにしろ今朝はまだ、リヴィエラの海にいたんですからね。」「イヤハヤお前さんたちときたらな、どれもこれも、相変わらずの『傷んどる』とか『腐っとる』といった強迫観念に囚われとる連中だな！　死神が摺り足でやってきはせんかと、二六時中聞き耳を立ててビクビクしとる。気の毒なもんだ！　ありがとうよ、コルベーラ、完璧な家令《ファムルス》の腕前だったぞ。ただあっちの海のでないのがちょっと残念だな、このウニがな。われわれの海の若布《わかめ》にくるまったやつでないのが。この毬《いが》では、刺されたところで、血のほんの一雫《ひとしずく》も出てきはすまい。イヤもちろん、お前さんができるかぎりのことをしてくれたのは十分心得とる。でもこのウニは、ほとんど北極産の、ネルヴィかアレンザーノの冷え切った磯岩に貼り付いて冬眠しとったやつだな。」彼が、ミラーノの連中にしてみれば熱帯同様のリグリア・リヴィエラ海岸だが、それが彼らにとってはどこかアイスランドの一部ぐらいにしか思えぬ、あのシチリア人の一人なのは明らかだった。ウニはふたつに割られて、その痛々しく、血に染まったような、奇妙に仕切られた果肉《にく》を晒け出していた。いままで、そんなことにはさっぱり気がつかなかったが、上院議員殿の突拍子もない譬えを聞かされたあとでは、なるほど本当に、それがあの、女性のデリケート極まりない器官の切開標本みたいに見えた。御当人の方は、次から次へと賞味あそばされていたが、その顔には「食べる歓び」というよりは、むしろ何か思いを凝らした、ほとんど苦しげといってもよいような表情が浮かんでいた。レモンの汁を絞ってかけるなんて真っ平ということだった。「お前たちと来たら、いつも複雑な味つけっていうんだから！　ウニはレモン味、砂糖はチョコレート味がしなきゃならん。それなら『愛《アモーレ》』には『天国味《パラダイス》』とでもいうのかね！」食べ終わると、ブドウ酒を一口聞こし召した、両眼を閉じて。するといつの間にか、その弛んだ瞼の下に涙が二粒溢れ出しているのに僕は気づいた。つと立ち上がると、窓際にいって、見つからぬようにそっと涙を拭いた。それから振り向いた。「お前さん、アウグスタに行ったことがあるか、コルベーラ？」そこに僕は三カ月間、初年兵としていたことがある。自由外出許可のときには、二人か三人の仲間と小船を借りて、いくつもある入江の澄み切った海水《みず》に漬りに行ったものだ、と言った。この答えを聞くと、押し黙った。それから、なにか苛立ったような声音で「で、奥の方にあるちっぽけな入江、イッツォの岬を廻った先、塩田《サリーナ》を見下す丘を背にした入江だ、新兵のお前たち、そこに行ったことがあるか？」と聞いてきた。「もちろんですとも！　あそこはシチリアでいちばん綺麗な、そして仕合わせなことに、まだ（ファシスト）余暇利用者《ドッポラヴォリスティ》どもには見つかってない場所だ。海岸線は野生のまま手付かず、でしょう、上院議員？　人っ子一人見当たらない、それどころか家一軒さえも！　海ときたら、孔雀の羽根の七色。真向いに、変化して止まぬ波の向こうには、エトナが聳え立ってる。山は、ほかのどこよりもあそこからの眺めが素晴らしい。粛然と、力強く、まさに神々しく。太陽神の牧場たるべく定められたあの島の永遠の相が、まさに最もよく現われている場所の一つですよ。だが島はその運命《さだめ》に、呆れ返ったことに、くるりと背を向けているんだからなあ！」

上院議員は黙っていた。それから「お前さんはいい奴だよ、コルベーラ。もしもこんなに物を知らん奴でなければ、いっぱしの者にだってなることができたものをな。」と言うなり近寄って来て、額にキスしてくれた。「さあ、お前さんのちっぽけな車を取りにいってこい。儂《わし》は家に帰りたいんだ。」

続く数週間というもの、われわれはいつもの通り落ち合い続けた。いまでは連れ立って、夜の散歩をするようなこともあった。だいたいいつもポオ通りを下って行き、軍隊式のヴィットリオ広場を横切り、そそくさと流れて行く（ポオ）川と、「丘《コリーナ》」とを眺めに行ったものだ。ここまで来れば、街の幾何学的で四角四面な窮屈さに、自然が、ほんのわずかばかりだが、幻想を働かせる隙間を持ち込んできていた。春が、脆くて不安に満ちて、それだけにまた心を衝き動かす若さの季節が、始まりかけていた。川岸にはライラックが早咲きの花をチラホラつけ始めていた。「巣」を持たぬ恋人たちのうちでも、いちばん気の早いカップルが、草の上に降りた露をものともせず、もうやってきていた。「あっちではな、とっくに太陽が灼けついとるし、海藻も花をつけとる。魚どもは、月夜の晩には、海原《うみ》の表面《おもて》に押し寄せてきて、キラキラ泡立つ波頭に、その胴体をくねらせ躍る姿が垣間見えとるんだ。なのに儂《わし》らときては、この生き物一つおらん淡水《まみず》の溝川《どぶがわ》、この、まるで兵隊か坊主共の隊列そっくりの家並びを前にして、聞こえるものときては、いつ息絶えるか知れんはかない番《つが》いどもの、啜り泣き同然の話し声というていたらくだ。」とはいえ、遠からずリスボンまでの船旅があるという考えが、彼の気を引き立たせていた。じっさい出発はもう間近に迫っていた。「いや、楽しい旅になろうとも。お前さんも来られればいいのにな。まったく、ギリシャ語を話せん者のための集まりではないというのが玉に疵だ。だって儂とだったらイタリア語で話せばいいんだから。だが、もしツクマイヤーやヴァン・デル・フォース相手に、あらゆる不規則動詞の希求法の変化を心得とるという証拠をみせられんとなったら、お前さん、もうそれで終わりだからなあ。じっさいは、ギリシャのなんたるかについて、おそらくお前さんの方が、連中よりもよく心得とるというのになあ。むろん知識とか教養を通しての話ではなく、動物的な本能によってだがな。」

ジェノヴァに彼が出発する二日前のこと、翌日《あす》はカッフェには来ないで、晩の九時に家で僕を待っていると告げた。

訪問の手筈《セレモニー》は前回と同様だった。三千年前の神々の写真《すがた》が、あたかもストーヴが熱気を放射するように、若さでもって部屋じゅうを光り輝かせていた。五十年前の「若き男神《かみ》」の黄ばんだ写真は、スッカリ老けこんで安楽椅子に座り込んでいる、自分自身の変わり果てた姿に、当惑しているかに見えた。

キプロス島産のブドウ酒で乾杯が済むと、上院議員殿はベッティーナを来させて、もう寝てくれて結構、「コルベーラさんがお帰りのときは、お見送りは儂《わし》自身がやるから」と言った。それから、「いいか、コルベーラ、ひょっとするとリヴォリ通りでの逢引《あいびき》を反古にさせてしまうかも知れんなと思ったが、それでも儂はお前さんをここに来させた。それは、それだけの必要があってのことだ。明日は出発だ。で、儂の歳になって旅に出るとなれば、遥か遠いところに行きっきりともなって、二度と帰って来ん場合だってないとは言えん。ことに海に乗り出すとなればな。わかっとるだろ、儂はな、とどの詰まり、お前さんを『可愛《う》い奴』と思っとるんだ。お前さんの天真爛漫ぶりを見とると、まったく心を動かされるし、若気《わかげ》のいたり、臆面もない情事《いろごと》の駆け引きは、面白い見物だよ。そのうえ、儂のみるところ、お前さん、シチリア生まれの者のなかでも極上の連中に時折みられる、うまく理性と感性を調和させることができた者という気がする。そこでだ、儂が偶然《ときたま》みせた奇矯ともいえる振る舞いや、お前さんを前にして吐いた文句は、むろん気狂いの沙汰だと思えただろうが、その理由《わけ》を説明しないでおいて、お前さんが口アングリ、呆然《あっけ》にとられるということになるのは忍びない。お前さんは、そうならぬようにしておくだけの値打ちがある者だと、そう思ったからなんだ。」僕は、けっしてそんなことはありませんと抗弁したが、その口調たるや断乎たるには程遠かった。「おっしゃったことのなかにはずいぶんわからなかったことも、確かにありました。でも、わからないのは僕の理解力が足りないせいで、貴方の頭脳《あたま》が衰えたためだなんて、まったく考えたこともありませんよ。」「そんなこと、放っとけ、コルベーラ。どのみち同じことなんだから。儂ら年寄りはな、お前たち若い者には気が違っとると見えることがある。ところが、じつはその反対ってことがよくあるんだ。だが、儂の言うことをちゃんと説明するためにはな、儂の身に起こった、ある尋常ならざる事件の話をお前さんにせねばならんのだ。それは、儂がまだそこにおる青年《わかもの》だったときに起こった」と言って、例の写真を指し示した。「話は、一八八七年に遡らねばならん。一八八七年なぞというと、お前さんには有史以前のことのように思えるかも知れんがな、儂にとっては、そんなことはまったくない。」

と言うと、書き物机の自分の席を立ち、僕が座っているのと同じ長椅子に、僕の傍らに座を占めた。「御免よ、だがな、これから先は低声《こごえ》で話さねばならん。重要な言葉というものはな、声高に口にしてはいかんものなのだ。愛の絶叫《さけび》または憎悪のそれにしても、出喰《でくわ》すのは歌芝居《メロドラマ》のなかだけ、それとも最も下賤な者どもの間でだけ、つまりどちらも同じことだ。で、一八八七年、儂《わし》は二十四歳だった。儂の姿はな、まさにその写真そのものだったよ。儂は、すでに古代（ギリシャ）文学で学位を取得しおったし、イオニア方言に関する二本の小論を発表して、自分の大学でいささか評判を取っておった。そして一年この方、パヴィーア大学の教授ポスト公開審査応募《コンコルソ》のための準備をしておったんだ。その上、儂はそれまでいかなる女性とも、近づきになったことはいっさいなかった。だいたい儂は、本当の話、女というものには、あの年の前にも後《あと》にも、指一本触れたことはない。」僕は自分の顔が、大理石で出来たと同様、いっさい感情を表わしていないという自信があった。ところが、間違いだった。「お前さん、その睫《まつげ》をパチパチやるのは、まったくよくない、コルベーラ。儂の言ってるのは、本当のことだ。本当であるとともに、自慢でもある。儂らカターニャ生まれの者は、自分の乳母にだとて手を付けて、孕ませてしまうという評判が立っとるのは知っとるし、そういうこともあろう。だが儂についてだけは、女に指一本触れたことがないというのは本当だ。儂が当時やっとったように、昼となく夜となく女神や半神の乙女たちと付き合っておれば、サン・ベリリオ界隈の淫売宿の階段を上る気なぞ、ほとんど失せてしまうわ。そのいっぽう、儂には当時まだ、宗教上の心配だとて残っておったしな。ホレ、本当に、コルベーラ、お前さんその睫のパチパチを抑えとかなきゃダメじゃないか。お前さんが、なに考えとるかすぐにバレてしまう。宗教上の心配と儂は言った、その通りだ。また儂は当時とも言った、だっていまではもう持っておらんからな。だが、この問題に関しては、それはなんの働きもしとらんのだ。

「なあ、コルベーラ坊や、お前さんは新聞社での口《ポスト》に、どうせ誰か（ファシスタ）党のコネ筋に、名刺かなにか一筆書いてもらってありついたんだろうが。だから大学のギリシャ文学講座の公募審査のための準備というのが、いったいどんなものか、むろん想像もつくまい。二年間というもの、気が狂うスレスレまで、ガリ勉をせにゃならんのだ。儂《わし》は幸い言葉については、そういうのもなんだがな……結構よく、とはもういまと同じくらいに、識っとった。ところがそれ以外となると、同じテクストのアレクサンドリア写本とビザンチン写本における同異《ヴァリアント》とか、古代ローマの作家どもがやらかした、これがまたいつも不正確極まりない引用の数々！ さらに、文学作品と神話・歴史・哲学・科学との間の、それこそ無数の関わり合い！ これを頭に詰め込むんだ。まったく、繰り返すがな、頭がおかしくなってしまう！ だから、それこそ馬車馬みたいに勉強した。まだその上に、町での下宿代を稼ぐのに、高校の学期試験で落ちた連中の家庭教師までやった。当時、儂は黒オリーヴの漬物とコーヒーで暮らしてたと言っても言い過ぎではない。そして、そんなところにまた、あの一八八七年夏の大災害が襲ってきたんだ。イヤまったく、あれは、時折あっちで起こる、それこそ地獄の厄災ってやつだ。夜になるとエトナ山は、日中の十五時間にわたって溜め込んだ、太陽の熱気を吐き出しておった。もしも誰かが、昼時にバルコニーの金属製の手摺に触ろうものなら、たちまち救急病院行きとなるのは間違いなかった。溶岩を切り出して作った道の敷石は、まさに元の煮え滾《たぎ》ったドロドロの状態に戻らんばかりだったよ。そのうえ、来る日も来る日も（アフリカから）東南風《シロッコ》が、あたかも蝙蝠がそのベトつく翼で人の顔を叩くように、吹きつけてきおった。儂はもうくたばる寸前だった。だが、友人の一人が救ってくれた。もう意味《わけ》もわからなくなったギリシャ語の詩句をブツブツ呟きながら通りをふらついていた儂とばったり出会ったんだ。儂の様子にすっかり驚いた彼は『オイ、ロザリオ、もしもこのままカターニャに残っていたら、お前、気が狂ってしまうぞ。そうなりゃもう、教授資格試験《コンコルソ》だっておさらばだ。俺はスイスに行くことにする——奴は金持ちだったんだ——、けど俺にはアウグスタにちっぽけな家が一軒ある。三部屋しかないぞ。だが水際からほんの二十メートルで、人里からはウンと離れてる。すぐに荷造りして、本を担いで、夏の間じゅうそこへ行くんだ。一時間したら家《うち》に来い、鍵を渡してやるよ。そこじゃ、まったく別天地だってことがわかるぞ。駅に着いたら、カーロベーネのところの小屋はどこかって聞くがいい。誰でも知ってる。でも、本当に行かなきゃダメだぞ、今夜にでも発つんだ。』

「儂《わし》は忠告に従い、まさにその晩カターニャを発って、翌日、目が醒めたときには、町で暮らしていた建物で、中庭の向こうから暁を報せる水洗便所のフラッシュの音とは打って変わって、静かに澄み渡った海の拡がりを前に、立ちつくしておった。エトナ山も、もはやあの無慈悲な形相ではなく、朝方の靄に包まれて穏やかな姿を背景に見せておった。そこは、いまでもまだそうだとお前さんが言っとったように、それこそまったく人気《ひとけ》がなく、比類を絶した美しさを見せておった。小屋は、ひどく荒れ果てており、家具といっては、ベッドの代わりに夜を過ごすことにしたソファーと、それにテーブルが一つ、椅子が三脚で全部だった。台所には土鍋が一つと、古びたランプが垂れ下がっており、家のうしろにはイチジクの木が一本と井戸、それこそまさに天国だった。儂は村に出かけて行って、カーロベーネのちっぽけな地所の面倒を見ている百姓を探し出すと、二日か三日毎にパンとパスタ、何か野菜と、それに石油とを届けてくれるよう、話を取り決めた。オリーヴ・オイルは儂が持ってきていた。あの、母さんがカターニャに送ってくれたやつだ。小さな船を一艘借りることとし、午後には漁師がそれを筌《うけ》と釣針も一緒に持ってきてくれた。儂は、少なくとも二カ月間はそこにいようと決心した。

「カーロベーネの言った通りだったよ。そこはまさしく別天地だった。アウグスタでも暑さが厳しいことに変りはなかった。だが街中《まちなか》の、建物からの照り返しもなければ、あの、どうしようもなく気分を萎《な》えさせる感じもなく、かえって密かに心を湧き立たせるような雰囲気さえ醸し出していた。太陽にしても、その首斬役人じみた形相を捨て、むろん依然として荒々しくはあったが、なにか高笑いしつつ活力を辺りに撒き散らし、心に吹き込んでくる存在という具合だった。いやむしろ魔術師、遍《あまね》く、海面《みのも》に立つ、どんなちっぽけな小波《さざなみ》にでも、燦《きら》めくダイヤモンドの粒を嵌め込む魔術師、と言った方がいいかも知れん。学習も、小船《おぶね》の軽やかなたゆたいに長時間身を委ねていると、すっかり苦痛であることをやめ、持ち込んだ本はどれも、乗り越えねばならぬハードルというよりは、むしろ、儂がもうすでにその最も蠱惑的な様相を眼前にしていた世界に通ずる扉を開いてくれる、いわば鍵のようなものにさえ思えた。儂はしばしば（ギリシャ）詩人たちの詩句を、また既に忘れ去られてしまっていたあの神々の名を、声高に朗誦したものだった。いまはほとんど知る者とておらぬその神々の名は、再びアウグスタの海面を流れていったが、往時にはその名が発せられるや否や、海面《うみ》は、あるいは忽然と逆捲き、あるいはまた荒れておったならば、たちまち穏やかに静まり返ったものなのだ。

「儂《わし》の外界から切り離されていたことといったら、それこそ完璧だった。三日か四日目ごとに、それもわずかな食糧を届けにくる百姓のことを別にすればな。だがやって来ても、ホンの数分いるだけだったよ。というのも、儂がそんなに高揚した気分でおり、しかも髪はバサバサというのを見て、危険な発狂の前触《さきぶ》れと思ったんだろう。じっさいのところ、太陽、孤独、星々の廻り行く天空の下で過ごした夜々、静寂、乏しい食事、遥か昔の事象に関する考究、これらすべてが儂の身辺に、なにか魔法のような空気を織り成し、それが、いかなる不思議が起ろうとも、それを受け入れられるように、心も体もあらかじめ整えておいてくれたのだと思う。

「その不思議は、八月五日の六時に顕現したんだ。少し前に目を醒ました儂《わし》は、すぐに小船に乗り込み、ホンのわずかオールを漕ぐと、もう小石が透けて見える海岸を離れて巨大な岩のもとに着いていた。岩蔭は、はや昇りつつあった太陽、勇ましく活気に満ち溢れて、朝まだき無垢の海原を、黄金と紺碧とに染め上げつつあった太陽から、儂を護ってくれるはずだった。儂はいつものように神々の名を朗誦しとった。と突然、グッと、右手、儂の背後で、船の縁が、まるで誰かが上《のぼ》ってこようと摑まったように、傾くのを感じたんだ。儂は振り向いた、そして彼女を見た。十六歳にもなろうかという小娘のツルツルした顔が海面から出ており、二本の小さな手が船縁を摑んでいた。その少女は微笑みを浮かべておった。微かなくびれが、ほんのりと血の気のさした唇を上下に分け、その間からはまるで犬の歯のような、小さくて鋭い歯が並んでいるのが見えた。けれどもその笑みは、お前たちのあいだで見られる、あの好意とか皮肉とか、憐み、残酷さなど、など、なんであれ、付け足しの感情で、いつも台無しにされとる微笑みなんぞではなかった。それは、まさにそれ自身、ほとんど動物的といってよい、存在するという歓び、神々しいまでの歓喜を表わしておった。この微笑こそが、儂に働きかけて、忘れ去られてしまった（古代の）清澄さの極楽世界が、いったいいかなるものかを開示してくれた、あの魔術の最初のものだったんだ。黄金の太陽の色に染まった乱れ髪からは、海の水が、緑色の大きく見開いた両眼、あどけない清純さを保った顔の輪郭に向かって流れ落ちておった。

「われわれの疑り深い理性って奴は、不思議を受け容れられるよう前もって心構えさせられとっても、じっさいそれに直面すると棒立ちとなり、事態が不可思議であるというのに、何か、かつて出喰わしたありきたりの事件を思い出し、それにしがみつこうとする。儂《わし》も、ほかの誰彼同様、たまたま泳ぎに来ていた女の子にぶつかったのだと勝手に決め込んで、船が引っくり返らぬようソロリと、用心しながら彼女の顔の高さにまで身をかがめ、体を突き出して船に引き上げようとした。ところが彼女の方は、それこそ呆気に取られるような力を発揮して、一気に腰の辺りまで水面から身を屹立させると、両腕を儂の首に捲きつけ、それまで嗅いだこともないような芳香でもって儂を包み込みながら、船の中に滑り込んできた。臀《しり》の出っ張りより下の部分は、青みがかった真珠色の細かい鱗で一面に覆われた魚の肢体《からだ》だった。その先は二つに分かれた尾になって、小船の底を穏やかに叩いていた。なんと、彼女は鮫女《セイレン》だったんだ。

仰向けに身を横たえ、両手を組んだ上に頭を乗せると、両腋の下の柔毛《にこげ》をなんの恥じらいもなく人目に晒していた。乳房は左右に惜しげもなく張り出し、腹部はまったく完璧な形を見せていた。その肢体《からだ》からは、儂が誤って芳香と呼んだが、じつはそれこそ若々しい欲望に満ち溢れた、海の魔法の香りが発散していた。儂らは岩蔭におったが、ほんの二十メートル離れたところでは、入り江が陽の光に浸され、快楽に身を任せておった。儂もほとんど裸同然の恰好とあっては、己れの欲情が頭を擡《もた》げてくるのを、とても隠しおおせたものではなかった。

彼女は話しかけてきていた。そして儂《わし》は、微笑みと香りの魔術に次いで、三番目の、そして最大の魔術、声の魔術に呑み込まれてしまった。それはいくぶん喉声で、曇った感じだが、それこそ算《かぞ》えきれないほどの和声《ハーモニー》を響かせておった。言葉の背景には、夏の海の、怠け者よろしく、ゆっくり寄せては返す波の動き、砂浜に最後まで残った泡立ちの摺り足、月夜に立ち騒ぐ波頭を渡って行く風の音《ね》が感じられた。『鮫女《セイレン》の歌』などというものはな、コルベーラ、ありはせんのだ。いったん耳にしたらば、もう逃れられない音楽とは、まさにその声のもつ響きなんだよ。

彼女はギリシャ語を話しとったが、儂にはとても解り難かった。『あんたが、独りぼっちで、私の言葉によく似た言葉で話すのを聞いたわ。あんたは気に入った。私を、あんたのものにするがいい。私はリゲーア、カリオペの娘なの。私たちについて、でっち上げられた法螺《ほら》を信じてはだめ。私たちは誰も殺したりなんかしない。ただ愛し合うだけよ。』

彼女の上に身をかがめたまま、儂《わし》は漕いだ。ジッとその笑っている目を見つめながら。岸に着くと、香しい肢体《からだ》を両腕に抱えて、めくるめく陽光の輝きのうちから、儂らは深い闇の中に入っていった。彼女はすでに口づけを通して、儂にあの快楽、お前さんたちの下司《げす》な地上のキスに比べたら、ブドウ酒がただの井戸水と違うほどの差のある、あの快楽を、儂の身裡《みうち》に注ぎ込んでいた。」

上院議員殿は声を潜めて、己れの身に起った出来事《ロマンス》を語っておられた。僕はそれまで、心の底ではいつも、自分の派手な女出入りと、学者先生の冴えない女性経験と勝手に決め込んでいたものとを引き較べて、愚かにも、少なくともこの点についてだけは、われわれ二人の間の差はそれほど大きくはあるまいと踏んでいた。その僕の自惚《うぬぼ》れは根底から覆ってしまった。恋愛経験においても、僕たちの差は雲泥、自分がかぎりなく遠い奈落の底で蠢いているに過ぎないのを思い知らされた。一瞬たりとも、いい加減な法螺《ほら》話を聞かされているといった考えが、脳裏を掠めたことはなかったし、また誰にもせよ、この世で最も頑固な懐疑主義者《シェッティコ》だとて、もしその場に居合せたなら、御老人の声音に、真実を語っていると悟らぬはずはなかったろう。

「あの三週間が始まったのはな、こんな具合でだったんだ。だが詳細を話して聞かせるのは無益《むやく》なことだし、だいたいお前さんにとっては可哀相なことになってしまうだろう。ただこう言っておくだけで十分だろう。かかる愛の交歓において、儂《わし》は快楽の最も精神的な面と、同時に、このうえなく初源《エレメンターレ》的な面とを、二つながら味わうことができたというわけだ。それはな、いかなる社会的な範疇とも、いささかの交渉もなく、いうなればわれわれの島《シチリア》の、まったく孤独な羊飼たちが、山の奥で、群れの中の雌山羊と交わるときに覚えるのと同じ快楽だ。もしこの譬えがお前さんに嫌悪《おぞけ》を催させるとしたら、それはお前さんが、動物としての次元から、人間を超えた次元へと転化して行くに必須な術《すべ》を、心得とらんからだ。この二つの次元は、儂の場合にはな、一が他《た》と直接《じか》に重なっておったんだ。

よく考え直してみるんだな。あのバルザックが『砂漠の情熱』のなかで、敢えて言おうとしなかったことをな。儂《わし》の彼女の、その不死の四肢《からだ》からは大変な生命の活力が溢れ出て来ておったから、精力を使い果たしても、たちまち精力《ちから》が蘇り、それどころか前にも増していっそう勢いづくほどだった。あの日々、儂はな、コルベーラ、お前たちのドン・ジョヴァンニが百人寄っても、一生かかっても愛せぬほど、愛しつくしたものだ。しかもその愛たるや！　修道院、犯罪、騎士団長《コメンダトーレ》の恨み、レポレルロの下卑た冗談などとは完全に無縁、お前たちの惨めなキスって奴を汚してやまぬ、嫉妬の張り合いや、偽の溜息、嘘で固めてあってもすぐ剝げ落ちてしまうメッキなどとは、まったく関わりがないものだった。じつをいうと最初の日に、それもただの一度だけだが、レポレルロめがやって来て、儂らの邪魔をしたことがある。十時頃だったか、百姓の重い木靴の音が、海に向かう小径を辿ってやって来るのが聞こえた。儂は、やっとのことでリゲーアの肢体《からだ》の尋常ならざる部分をシーツで覆い隠すのに間に合った。でもそのときにはもう、百姓は戸口のところに顔を出しておったよ。頭から首筋、両腕、彼女の体の覆われていない部分は、このレポレルロに、お定まりの濡れ場にぶつかったと思わせ、それがまた当人の心に思いがけない畏敬の念を吹き込んだ次第だ。常よりもさらにいっそう慌ただしく用を済ますと、立ち去りながら左の目をパチパチさせ、右手の親指と人差し指で輪を作って、口許《くちもと》にありもしない髭を捻るような恰好をしながら、裏の小径を登って行きおった。

「儂《わし》は『われわれがともに過した二十日間』と言ったが、その三週間というもの、彼女と儂とが、いわば夫婦みたいにベッドも、食事も、何をやるにも一緒の暮らしを送ったなぞと思われては困る。リゲーアはしょっちゅう姿が見えなくなった。前もって儂になんの合図もせずに海に飛び込むと、消えてしまったものだ。それも何時間もの長い間な。戻ってくるときは、ほとんどいつも朝早くだったが、小船に乗っているところで出会うか、それとも儂がまだ小屋にいたりすると、小石の浅瀬の上を仰向けに、両腕を使って半ば水に漬り、半ば水面に出た体をようやく摺《ず》り上がらせながら、磯の斜面を這い上がるのを手伝ってくれと、儂を呼ぶのだった。儂のことを『ササ』と呼んどった。それは、これが親しい者同士の間での、儂の『通《とお》り名』だと、教えてやったからだ。這い上がる動作では、海中で自由自在の動きを可能にする、まさにその肢体の部分に邪魔されて、彼女はまるで傷を受けた動物みたいに、憐れな姿を晒しとった。といってもそんな印象は、彼女の両眼に浮かんだ笑いを目にすると、たちまち消えてしまったのだがな。

「リゲーアの喰《た》べる物といっては、生きた物以外はいっさいなかった。儂《わし》は彼女が、陽の光を浴びて輝き渡るホッソリとした胴体を海面から立ち上がらせると、その口には、まだ身をくねらせている銀色の魚を銜《くわ》え、喰いちぎっている姿をよく見かけたものだ。真鯛であれ鰆《さわら》であれ、生《いき》血《ち》が彼女の口から顎にかけて赤い筋をつけて流れ、ホンの二口か三口、獲物の身を嚙み取ると、それでもう背後《うしろ》に投げ捨てておった。放り出された魚は、彼女の体にまた血飛沫《しぶき》を浴びせながら海中に沈んで行き、いっぽうリゲーアは舌なめずりして歯の掃除をしながら、子供っぽく叫び声を上げるのだった。ある時、ブドウ酒を呑ませてやったことがある。でもグラスから呑むのは、まったく問題外だった。そこで酒を、そのほんの薄っすらと緑がかったちっぽけな掌《てのひら》に注《つ》いでやり、彼女の方はそれを犬がやるように舌で、ピチャピチャ音を立てながら舐めたが、そうする間にも目には、それまで味わったことのない飲物に対する驚きが拡がっていくのが看て取れた。『美味《おい》しい』とは言ったが、以後、呑むのは絶対お断りだった。ときどきは、手にカキやら他の貝類をいっぱい抱えてやって来たが、儂は小刀を使ってやっと殻を開けるのに一苦労というのに、リゲーアときては、石を摑んで無造作に貝殻を叩き割り、まだピクピクしている中身を、殻の破片《かけら》なぞまったくお構いなしに、一緒に吸い込んでしまうのだった。

「もう前にも言っただろうがな、コルベーラ、リゲーアは獣《けだもの》だった。しかし同時にまた、不死の存在でもあった。こうして話しておっては、この二つの面の、まったく自明で単純な一体性を、不断に浮かび上がらせることが叶わんのは、じつにもどかしい話だ。まさにその肢体《からだ》においてこそ、彼女はその一体性、つまり『綜合《シンテジ》』を体現しておった。じじつ彼女は、ただ単に肉体の交わりにおいて、歓びと同時に、動物的な暗い衝動とはまったく対極にある繊細さを示したばかりでなく、その話し振りにおいてもまた、儂《わし》がホンのかぎられた数人の偉大な詩人たちの裡のみに見出した、あの力強い直接性を発揮しておった。(詩の女神)カリオペの娘というのも、まことに尤もなことだ。(お飾りの)どんな教養ともサッパリ無縁、(人の)智恵とやらも露知らず、世の中の道徳的規制などというものはそれこそバカにしきっておった。だが、それでいて彼女は、あらゆる教養、すべての叡智と道徳の淵源《えんげん》の、まさにその一部をなしており、この始元の優越性をズバリと、荒削りな美しさに満ちた言葉で表現することができた。『私はすべてよ。なぜといって、どんな偶然をも許容せぬ生命《いのち》の流れ以外の何物でもないから。私は不死よ。なぜなら、先刻《さっき》の鰆から大神《おおがみ》ゼウスにいたるまで、ありとあらゆるものの死が私の裡に流れ込み、私の裡で集まって、再び生命となる。それも一つ一つ個別の生命ではなく、自然《パーン》の、したがって自由な生命として生まれ出るのよ。』またこうも言っていた。『あんたは若くて美しい。いますぐ私について海に入るの。すれば、苦しみや老いから逃れられる。私の棲家《すみか》に来るのよ。そこはじっと動かず、お冥《ぐら》い、涯てしなく高い山のように積み重なる海水《みず》の底にあって、辺りを領しているのは物音一つせぬ静けさ。その静寂が四周《あたり》と溶け合う様はあまりにも深く、ために静けさを分かちもっても、それに気づくことさえありはしない。私はあんたを愛した。憶えておき、あんたが疲れ果てたとき、もう本当にどうにもやりきれなくなったら、海面《うみ》に身を乗り出して、私を呼びさえすればいい。いつでも私はそこにいる。なぜなら私は宇宙《このよ》に遍在しているのだから。すれば、あんたの眠りの夢は叶えられるよ。』

儂《わし》に海底《うみ》の世界での生き様、髭を蓄えた海の老人《トリトン》たち、暗緑色の洞窟などについても話してくれた。けれども、これらのものもまた仇な幻影《まぼろし》だとも言っとった。真実はずっと底の底、暗黒で永遠に無言の海水《みず》で造られた宮殿《パラッツォ》、もはや形さえなく、光一筋だに射さず、囁き一つ耳に入らぬ海水で造られた宮殿《パラッツォ》のうちにある、と言っておった。

「あるとき、長い間、とは次の日の夕方まで、留守にすると言ったことがある。『遠い所まで行って来なければ。あんたへ贈り物に上げるものがあると知ってる場所にね。』

じじつ、驚くべき紫珊瑚の枝を一振り、貝殻や海藻がくっついたままの枝を持って戻って来た。儂《わし》は長い間、それを抽出しに大事にしまっておき、毎晩取り出しては、あの万物に分け隔てなく《インディフェレンテ》、幸《ベネフィカ》をもたらす女神《かみ》の指が触れた箇所にキスしたものだった。それがある日、マリーア──というのはあのベッティーナの前に儂の家政婦をしておった女だが──そのマリーアが、自分の情人《いろ》のどれかにくれてやるために、それを盗みおった。儂はその後、(フィレンツェの)ポンテ・ヴェッキオ橋の上の宝石屋で、売りに出されているのをまた見付けたがな。そのときはもう、畏《おそれ》敬の念もあらばこそ、掃除されツルツルに磨き上げられ、ほとんど見分けがつかぬほどだったよ。それを買い戻して、儂は夜になるとアルノオ川の流れに投げ込んでしまった。だって、もう何人もの人手に渡って、すっかり冒瀆《けが》されておったからな。

また儂《わし》に、何千年にも亘《わた》るその青春時代を通じて、彼女が愛した、少なからぬ数の人間《ひと》の愛人のことも話して聞かせたものだ。ギリシャ人・シチリア人・アラブ人の漁夫や水夫たち、それにカプリ島の連中もいた。中には難破した者もおり、これらはズブ濡れになって、船のバラバラになった木材にしがみついて漂っているところに、彼女が、暴風雨《あらし》をともなう稲妻の一瞬の閃きの裡に姿を現わし、彼らの臨終《いまは》の喘ぎを快楽の恍惚に変えてやったのだった。『誰もが私の誘いに応じて、私のもとに戻ってきた。ある者はすぐにその場で、ほかの者は、連中にしてみれば長い時間と思える時が経ったのちにね。たった一人だけ、二度と姿を見せなかったのがいた。透き通るような白い肌をして、赤毛で、美しい大柄な若者だったわ。私はそいつと、遠い砂浜、われわれの海が大きな海洋に注ぎ入る岸辺で交ったのよ。何か、あんたがいつかくれた、あのブドウ酒とやらよりも、もっと強い臭いをさせていた。再び姿を見せなかったというのも、むろん仕合せだったからではなくて、私たちが出会ったとき、あいつはすっかり酔っ払っていて何もわからず、いつもの、ありきたりの漁師の娘にでもぶつかったぐらいにしか思わなかったからだと思う。』「あの大いなる夏の何週間かは、ただ一朝《いっちょう》のごとく、アッという間に過ぎ去ってしまった。そして過ぎ去ったときになって、儂《わし》は、自分がその間に、じつは何世紀もの時空を閲《けみ》してしまっていたことに気がついた。あの淫乱《みだら》で、かつ残忍な獣《けだもの》でもあった小娘は、じつはまた聡明きわまりない『母』でもあった。ただその存在そのものにより、あらゆる信仰の違いを消し去り、小煩《こうるさ》い形而上学《てつがく》の屁理屈が張り繞《めぐ》らした迷蒙《くらやみ》を雲散霧消させてしまったのだ。彼女はそのか細い指、それはしばしば血塗れだったが、その指でもって、永久《とわ》なる真の平安《やすらぎ》に到る途《みち》を、儂に指し示してくれた。それだけではない。また、ただ単なる諦念からなどではなく、もはやより下等なる快楽を受け入れることの不可能性から発する禁欲主義、この禁欲主義に到る途をも指し示してくれたのだ。儂が、彼女の呼び掛けに応ぜぬ二番目の男になるなぞということは、絶対にありえん。儂に与えられた、この異教の『恩寵《めぐみ》』を拒否するなぞということは、絶対にありえんのだ。

あれは、まさにその、あらゆる意味における激烈さのゆえをもって、まことに短かい夏となってしまった。八月も二十日を少し過ぎると、最初の、まだ頼りなげな雲が寄り集まって、ホンの数滴、まるで血の滴のように生温かい雨粒をポツポツと降らせた。夜になると、はるか遠くの水平線には、まるで何かの神が思案を巡《めぐ》らしているかのように、ゆっくりと、閃めくばかりで轟きの聞こえぬ稲妻が、一が他《た》を生み出すごとくに、次から次へと現われては消えていった。朝になると、雉鳩《きじばと》色の海が、その鈍い雑色の色合いにおいても、また秘められた不安に慄きの鳴き声を上げる雉鳩よろしく、悲痛な呟きを発しており、それが夕暮れになると、これといった風の気配もないのに海面に漣波《さざなみ》を立てるのだが、その有様は多彩かつ微妙な色彩の変化をみせ、煙のような鼠色から、同じ灰色でも鋼鉄《はがね》のような鼠、次いで真珠がかった鼠色と変化していき、そのどれもが以前の華やぐいっぽうの様相よりも、海に一段と愛しい趣きを見せるのだった。はるか彼方には煙霧の切れっ端が海面を掠めるように垂れていた。おそらくギリシャ側の海岸ではもう雨が降り始めていたのだろう。リゲーアの気分の方も、華やいだ輝きから、灰色に燻《くす》みはしたが、落ち着いた親愛の情へと色合いを変えた。前よりもじっと黙っていることが多くなり、荒磯の岩の上に寝そべったまま何時間もの間、もはや不動であることをやめたて水平線を見つめて過ごし、どこかへ出かけることもほとんどなくなった。『まだ、あんたと一緒にいたいのよ。もしいま、沖へ行ったらば、海の仲間たちが私を引き留めて返さないわ。ホラ、連中の声が聞こえる？　私を呼んでいるのよ。』じっさい、ときには、カモメたちの甲高い鳴き声にまじって、なにか別の、もっと低い音が聞こえるような気がしたし、岩礁の合間、合間に一瞬、閃めくように、髪を振り乱した姿が浮かんでは消えるのを見たような気がした。『法螺貝を吹いてる。リゲーアを、疾風《はやて》の祭りにおいでって、呼んでいるんだわ。』

それは二十六日の曙に突発したことだった。儂《わし》ら二人は、荒磯の岩の上で、遠くから波を捲き上げて強風が押し寄せて来る様を眺めていた。われわれのまわりでは、鉛色の波が大きく、のんびりと寄せては返していた。だが突風はたちまちわれわれのいるところにまで達し、耳を聾さんばかりに吹き荒《すさ》び、立枯れたローズ・マリーの茎を薙ぎ倒した。足下の海は二つに裂け、最初の波濤《はとう》が白く泡立ちながら駆け上がってきた。『さようなら、ササ！　あんた、忘れないでね！』大濤《おおなみ》は岩礁に当たって砕け、鮫女《セイレン》は虹の七色の輝きのうちに身を投げた。だが、その落下して行く姿は見えなかった。むしろ飛沫《しぶき》のうちに、忽然と溶け去ったように思えた。」

翌朝、上院議員殿は出発された。僕は駅まで見送りに行った。その物腰は、常に変わらずつっけんどんでぶっきらぼうだったが、列車が動き出した時、彼は車窓から手を伸ばし、指で僕の頭を撫でてくれた。

そのまた翌日、明け方にジェノヴァから新聞社に電話がかかってきた。夜のうちに、ラ・チゥーラ上院議員は、ナポリに向け航行中のレックス号の甲板から海中に転落された。そしてただちに何艘もの舷艇《ボート》が降ろされ、海上で捜索が行なわれたにもかかわらず、遺体はついに発見されなかった。

一週間後に、上院議員の遺言書の開封が執行された。ベッティーナには銀行預金と家具を遺贈する旨が記されてあり、蔵書はカターニャ大学図書館が包括相続人として指定されていた。そのうえ、ごく最近の日付のある補足条項が付けられていて、それには僕が、鮫女《セイレン》の図柄のギリシャの広口甕《クラテーラ》とアクロポリスのコレ女神の大きな写真の被相続人に挙げてあった。

この二つの遺品は、僕がパレルモの家に送っておいた。だが、しばらくして（第二次）大戦が始まり、僕が北アフリカはマルマリカ戦線の報道に派遣され、ブドウ酒はおろか水、それさえ一日わずか半リットル支給という、大変な目に遭っている間に、「解放軍部隊《リベレイターズ》」によって家自体が破壊されてしまった。戦後、戻ってみると、写真はズタズタに切り裂かれており、その切れ端を丸めて松明《たいまつ》代わりに、夜な夜な荒らしにやって来た泥棒たちによって燃やされたと知れた。甕の方は木っ端微塵に打ち砕かれていたが、その一番大きな破片《かけら》には、船のマストに縛り付けられたオデュッセウスの足だけが認められた。この破片は、いまでも大事に取ってある。蔵書はといえば、大学の地下に一応保管されてはいるが、配架しようにも、なにぶん予算がないとあって、箱入りのまま黴が生え、ゆっくりと腐っていきつつある。

アナトール・フランス

亡霊《もうじゃ》のお彌撒《ミサ》

ガスコーニュ地方の民話採集者、アジャン在住で「法話筆耕《スクリプ・ピュ》」の異名を取る、ジャン・
フランソワ・ブラデ氏に捧ぐ

ラ・ヌーヴィル・ドォモンは聖《サント》ユラリー教会堂の堂守《サクリスタン》が、美しく晴れ渡った夏の宵に、「白馬亭《シュヴァル・ブラン》」は緑の葡萄棚の下、年代物の葡萄酒を聞こし召しつつ、遺骸《なきがら》は美しい銀の涙模様の黒布で覆った柩に納め、今朝《けさ》も今朝とて村の墓地《はかば》に厳かに葬った死者《しびと》の弥栄《いやさか》を希《ねが》って盃を重ねるほどに、いとも気散じ顔となって、語ってくれた話とは、次のようなものである。

亡くなった儂《わし》の親父《おやじ》どんはな——話しているのはむろん堂守——生前は墓掘りだったが、それは愉快な人だったわい。きっとその墓掘りっていう稼業《しょうばい》のせいよ。なぜって墓場で働いとる者《もん》は、みんな陽気な性質《たち》だっていうからの。死ぬっていうやつが、ちっとも怖くねえだ。だいたいからして、死ぬってことなぞ、これっぽっちも思ってみねえだ。いま、こうして話をしているこの儂にしてからが、あんた、真夜中に墓地に入《へえ》ることがあるが、落ち着いたもんだて。こうやって「白馬亭」の青葉のトンネルの下にやって来るのと、これっぽっちも違いはしねい。んで、たまたま亡霊《もうじゃ》どんに出会《でくわ》すことがあったとしてもよ、べつにビクビクしたりはしねい。っていうのが、「儂には儂の用事があるように、向うにも向うの用事があってな、きっとそれを片づけに行くに違いねい」、って思うだから。儂は亡霊どもの「やり口」っていうか、「癖」をよく呑みこんどる。なにしろ司祭様たちだとて知りなさらんことをば、たんと知っとるだから。んで、もしも儂がこの歳になるまでに見てきたことをさ、何もかも話して聞かせたれば、あんただって、もうびっくり仰天してしまいなさるに決まっとる。けれども「この世には、言って好いこと、悪いこと」っていうだ。儂の親父にしてからが、とても話好きの人だったが、でも知っとることのホンの十分の一、二十分の一も他人《ひと》には打ち明けとらん。代わりに、よく同じ話を繰り返していたものよ。たとえば儂が知っとるかぎりでも、このカトリーヌ・フォンテーヌの身に起こった不思議な話をば、もう百度を下らずに、話して聞かせておったたっけか。

カトリーヌ・フォンテーヌっては、儂《わし》の親父《おやじ》がまだ子供の時分に見かけたことがある、年寄りの御婦人のことよ。いまでも、この在所に、その方の噂なら聞いたことがあるっていう年寄りが、まだ三人がほどいるといわれても、べつに驚くには当らねい。なぜって、この御婦人ときた日にはな、財産持《もの》ちでこそなかったが、それは評判のいい、人に知られた方だったからじゃな。いまでも「尼さん小路」の角《かど》っこんところに見える、あの小さな塔に住んでいたとか。あの塔はな、ウルスラ会の尼さんの修道院の庭に面して、もう半ば崩れかかっとる古い館にくっついていた塔じゃ。塔には、いまでは半分消えかかった絵姿や、銘文《もんく》が残っとる。聖ユラリー教会の先代の司祭をされてたル・ヴァッセール神父様が請け合って言われたには、ラテン語で「愛ハ死ヨリモ強シ」とか、書かれとるってことだ。「むろんその愛というのはな――と神父様はいつも忘れずに言い添えられた――神様の愛のことじゃぞ」ってな。

で、カトリーヌ・フォンテーヌは、そのちっぽけな住居《すまい》に、たった一人で暮らしておった。レースを編んで、生活《くらし》を立てとった。あんたも御存知のように、儂《わし》らの在《ざい》のレースときては、一昔前には、とても名が売れとったもんじゃて。さて「カトリーヌに身寄りや友達がいるってことは、誰も聞いとらなんだ」ってことじゃった。なんでも「十八の歳に、ドォモン・クレリィの若殿に惚れて、内緒で許婚《いいなずけ》の約束を交わしたという噂が立った」そうな。でもちゃんとした人たちで、そんなことを本気にする者《もん》なぞ一人もおらなんだ。そのうえ、同じ人たちの言わっしゃるには「そりゃ根も葉もない作り話だ」、というのも「あのカトリーヌ・フォンテーヌは、お針子っていうより、むしろ身分のある御方っていう方が通りがええほどの容姿《すがたかたち》だった」ってことだし、「髪こそ白くはあったが、さぞかし往時《むかし》はええ女だったろうとは、ほんの一目見りゃ、すぐわかった」とのこと。「風情にも、そこはかとなく哀しみがただよい、指には金細工師が、可愛らしい手を二つ握り合わせた意匠を彫った、あの指輪を嵌めとったが、ありゃ一昔前には、許婚の約束を交わした者《もん》が、互いに相手に贈る習慣《しきたり》のあったもの。それやこれやで、そんな噂が立った」ってことじゃった。んで、本当のところ、これがいったいどういう話だったのかは、あんたもすぐにわかるだよ。

カトリーヌ・フォンテーヌの身持ちときてはな、そりゃもう一点の非の打ちどころもないもんだったそうな。あちこちの教会に欠かさずお詣りはするし、それに毎朝、たとえ天気の具合がどんなであれ、必ずユラリー聖女様の御堂《シャペル》へ、朝六時のお彌撒《ミサ》を聴きに行くことにしとったとか……。

それが十二月のある夜、カトリーヌがはや、自分の小部屋で床に入っておったところ、教会堂の鐘の鳴る音で目を覚まさせられたんじゃ。「こりゃてっきり第一彌撒を報《しら》せる鐘の音《ね》に違いない」、そう思った信心深いカトリーヌは、着物を着込むと表の通りに出た。出はしたものの、その暗いことといったら家々の影さえ見えぬほど、黒々とした夜空に光の一筋なと射す気配もなかった。おまけに、この真っ暗闇に物音一つせんことといったら、まったくどこからも、犬の遠吠え一つも聞えてこん有様、およそ生きとるもの一切合切から、すっかり切り離されてしまったような心地がしたじゃて。だども、カトリーヌ・フォンテーヌときては、自分の踏んどる石が、いったい通りのどの石畳なのかまですっかり心得とって、目をつぶっても教会まで行けるほどじゃった。で、難なく「尼さん小路」と「教区舘通り《パロワス》」の角んところまで行くことができた。その角っこには、木造の（神様の）家が建っておって、大梁《おおはり》には「エッサイの樹」（＝イエスの家系図）が彫ってあるじゃろ、あそこじゃよ。そこまで来るとカトリーヌには、教会堂の扉がみな開け放されて、中からお燈明の明かりがあかあかと射しているのが見えた。で、そのまま歩き続けて御堂《みどう》の玄関口を過ぎると、もう自分が教会いっぱいに溢れる人びとのなかにいるのに気づいたんじゃ。が、それにしても、お彌撒に出ておる方々のうちに、自分が見知ったお人は誰もおらんかったし、みなビロードや錦織りの衣裳を着て、帽子には羽飾り、剣を腰に吊るすという、昔風の恰好《いでたち》をした人たちばかりだったには驚いた。会衆のなかには、黄金《こがね》の握りをつけた長い礼杖《つえ》をついた殿様方もいれば、レースの冠り物《コワフ》をば、宝石をちりばめた飾り櫛で留めておられる貴婦人たちもおられた。聖ルイ騎士団の殿方は、そうしたお姫様の手を取っておられたが、姫様達は厚化粧のお顔を扇で隠し、見えるものといっては白粉《おしろい》を刷いた顳《こめか》みと、目尻につけた付黒子《つけぼくろ》ばかり！　そして一人残らず、皆が己れの席に座りに行かっしゃるのじゃが、それがなんと物音一つ立てずにじゃった。歩いて行かっしゃるが、教会の石畳を踏む足音も、御婦人の衣擦《きぬず》れの音もまったく聞こえてこんかった。

いっぽう教会堂の左右の回廊は、焦げ茶色の上っ張りに、雲斎布《バザン》の洋袴《キュロット》と紺の長靴下を穿いた伊達《だて》な若い職人たちで溢れ、その若い者《もん》がそれぞれ、薔薇のように綺麗な、伏し目がちの若い娘《こ》の腰に手を廻していただ。また入口に近い聖水盤《ベニチエ》の周りには、赤いスカートを穿き、編み紐でキツク締めた胴着《コルサージュ》を着こんだ百姓娘たちがじかに床に座っとったが、その穏和《おとな》しいことといったら、家畜の群れにそっくりじゃったで。そしてまたその背後《うしろ》には村の若造どもが指で、帽子の縁をクルクル爪繰りながら、大きく目を見開いとった。で、そうした顔はどれも、等しく一つの同じ想い、甘くてしかも哀しい想いに、果てしなく浸《ひた》っているように見えたものじゃった。

いつもの自分の席に膝まづいたカトリーヌ・フォンテーヌの目には、二人の外勤助祭《デッセルヴァン》を先に立て、祭壇に向かって進んで行かれる司祭様のお姿が映った。が、お顔にはトンと見覚えもなければ、また助祭様たちも、ついぞ見かけたことのないお人たちじゃった。お彌撒《ミサ》が始まったが、それは音なしのお彌撒、唇が動いてお祈りを唱える声も、空しく振り動かされる鈴の響きも、さっぱり聞こえてこはせなんだ。カトリーヌ・フォンテーヌは自分が、隣にいる不思議なお人にじっと見詰められ、その影響《ちから》に搦め取られておるのに気づいた。で、ほとんど首を動かすことなくその人を見て、それがドォモン・クレリィの若殿と知れた。若殿こそ自分を愛してくれたお人、だがもう亡くなられて四十五年も経っておられた。若殿と知れたは、左の耳の下にあるちょっとした特徴《しるし》と、わけても長い睫が頬に宿す影の具合でだったんじゃ。着ておられたは狩猟《かり》の装束、紅《くれない》の地に金の飾り紐をあしらったもの、これこそ聖《サン》レオナールの森で初めてカトリーヌと出会い、泉の水を一杯所望じゃと言われて接吻《キス》を盗まれたその折に、召しておられたその装束に違いはなかった。お顔立ちは若々しく、男っぷりもよいまま、ニッコリ笑うと若い浮気者《おおかみ》の真っ白い歯が唇からこぼれた。カトリーヌは低声《こごえ》で若殿に囁きかけたんじゃ……

「殿様、妾《わたし》のよい方、その以前、処女《むすめ》の妾《わたし》が、この世でいちばん大切にしていた宝物を差し上げたお方、貴方様に神様のお恵みのありますように！　どうか神様が、貴方様と一緒に妾が犯した罪を悔い改める気持《こころもち》をば、妾の胸にも遂には起こさせて下さいますように。と申しますのも、髪《かみ》も白く、死ぬも間近となりましても、貴方様をお慕いいたしたことだけは、この妾にはいまだに悪いこととは、どうしても思えないのでございます。が、それにしても、あの世の愛《いと》しいお方、妾の立派な殿御《とのご》、この音なしのお彌撒を聴きに来られた方々、昔風の衣裳をまとった方々は、いったい誰方《どなた》なのか、教えて下さりませ。」

ドォモン・クレリィの若君は、微風《そよかぜ》よりもまだ微かな、それでも水晶よりもまだ明らかな声で、こう応答《いら》われた……

「カトリーヌ、この男たちも女たちもな、みな『煉獄の魂《アーム・デュ・ピュルガトワール》』なのよ。われらと同じく、創造主《つくりぬし》よりも被造物《つくられしもの》への愛に溺れて神を蔑《ないがし》ろにし、罪を犯した者たち。されど、神よりまったく打ち捨てられた者たちではない。というのもその犯した罪は、われらの罪と等しく、邪《よこしま》な底意によるものではなかったからの。」

「現世で愛した者と隔てられ、煉獄の浄火に身を焼かれて罪を浄めながらも、皆いずれも別離《わかれ》の苦しみを味わっておる。この苦しみこそ最も耐え難いもの、惨《むご》いもの。そのあまりの辛さを見て、神《あまつみつかい》の天使さへ『愛の苦しみ《ペーヌ・ダムール》』に憐れをもよおされ、主のお宥《ゆる》しをいただき一年《ひととせ》に一度、夜半《よは》の一刻《ひととき》があいだ、愛し合うた男《お》と女《おみな》を、各人《めいめい》の教区の御堂《みどう》にて会わせ、ともに手を携えて『亡霊《もうじゃ》のお彌撒《ミサ》』を聴くようお取り計らいいただいたのよ。これこそが偽りなき真実《まこと》。してカトリーヌ、私がここで、息を引き取る前のそなたに会えたというのもの、それは神様の思し召しなくては叶わぬことと知るがいいぞ。」

これに応答《いら》えてカトリーヌ・フォンテーヌの言うには、

「あの世の愛《いと》しい殿御《とのご》、いま一度、森で貴方に御所望の水を差し上げていた、あの日々の美しい姿に返れるものなら、私は死んでも本望でございますとも。」

二人がこうして低声《こごえ》で話し合っていた間にも、年老いた教会の世話役《シャノワンヌ》がお布施を集めに廻り始め、銅《かね》の大皿を会衆の前に差し出しておった。次々と皿の中に、もうだいぶ前から通用しておらん古い硬貨《おかね》が落ちていった。六リーヴルのエキュ銀貨、フロリン金貨、ドゥカート貨があるかと思えばドゥカトン貨も、ジャコブス貨、ランカスター家の薔薇の刻印を打ったノーブル金貨などなどじゃった。したが硬貨は落とされても、チリンとも鳴らなかった。銅の大皿が自分の前に差し出されたとき、若君は一ルイ金貨を入れられたが、それもほかの金貨や銀貨同様、まったく音を立てなかったのよ。

それから年老いた世話役はカトリーヌ・フォンテーヌの前に来て立ち止まった。カトリーヌは隠しをあちこちまさぐってはみたものの、生憎《あいにく》お銭《あし》はびた一文も手に触れなかった。でもお布施をお断りするのは申し訳ないと考え、指から、若殿の死の前夜にもらった指輪をば抜き取ると、銅のお皿の中に投げ入れたものじゃ。ところがなんと、金の指輪は落ちていきながら、まるで鐘楼の重い撞木《しゅもく》が発するような響きを轟かせ、その鳴り渡る響きに、若殿も世話役も、はてはお彌《ミ》撒《サ》を上げておられた司祭様、助祭様たち、御婦人方、殿方、そして会衆一同、すべてが煙のように消えてしまえば、お燈明の明かりまでもがハタと掻き消え、カトリーヌ・フォンテーヌは漆黒の中に、ただ一人で取り残されたのじゃった。——

こう語り終えた堂守《サクリスタン》は、一気にグイッと葡萄酒を一杯飲み干すと、一瞬遠く夢見るような表《か》情《お》を見せ、それからまた、次のように言葉を継いだ。

——儂《わし》はな、この話をあんたに、儂の親父《おやじ》どんが何度となく儂に聞かせてくれた、まったくその通りにしてやっただ。んで儂もな、これは嘘偽りない、本当の話だと思う。なぜってこれは身《み》罷《まか》った者《もん》たちの、独特のやり口とか習慣《しきたり》について、儂が見聞きしてきたこととピッタリ合うだから。儂はな、子供の時分から死人《しびと》とはずいぶん付き合ってきたで、連中が以前《むかし》の情人《いろ》んところへ戻って来る習慣のあるってことをば、よく心得とる。

同じようにな、吝《けち》ん坊で死んだ者は、生きとるうちに自分が隠した財宝《たから》の周囲《まわり》をうろつくだ。己の金銭《かね》をシッカリ番してくれよう、と思ってな。ところがその苦労が連中の役に立つどころか、かえって仇になるだ。っては、幽霊が出るって噂の場所をほじくり返すと、そこから埋めたお銭《あし》が見つかることがよくあるからよ。同じようにな、亡くなった亭主が夜に、二度目の亭主を取った女房を苦しめようとやって来るだが、そんななかで、死んでからの方が、生きてるうちよりよっぽどよく内儀《かみ》さんの番をした者《もん》を、儂は幾人《いくたり》も名指しでいうことができる。

こういう連中は、己れの方が悪《わり》いだな。なぜって、理の当然、もう身罷《みまか》った者《もん》が嫉妬《やきもち》を焼くって法はねいだ。だども、あんたには、(理屈でなくて)儂が実際に起るのを見たことを話してるだからな。んだで、後家さんを嫁に取ろうというときはな、十分気をつけにゃならんて。が、それはそれとして、いまあんたに話して聞かせた、この話が本当だってことはな、これから言うことでも、ちゃんと証明《あかし》が立つだよ。

じつはこの不思議な夜が明けた翌朝、カトリーヌ・フォンテーヌは自分の部屋で死んでおるのが見つかっただ。そしてそのいっぽうでな、聖《サント》ユラリー教会の寺男が見つけただよ、お賽銭を集めるに使う銅のお皿ん中に、手を二つ握り合わせた金の指輪が入っとるのをな。儂は、根も葉

もないホラ話をするような男《もん》とは違うんじゃよ。どうかね、あんた、儂らんところにもう一本、
葡萄酒を持って来させるってのは、エエ！……

プロスペル・メリメ

ヰギユの女神《ヴェヌス》

一八三七年

「彫像がお情け深くかつ穏和であらせますように、あんなにも男《ひと》らしいんだから。」

ルキアーノス『法螺好きの懐疑論者』

太陽はすでに地平の彼方に姿を消してしまっていた。けれども、カニグゥ山塊の前山《まえやま》、最後の降《くだ》りにかかっていた私には、眼下の平野に点在するキギエという小さな町の家々がまだじゅうぶん見分けられた。このキギエに、私は行くことにしていたのである。

前日から道案内《ガイド》に雇ったカタロニア男に声を掛けた。「おい、ド・ペイルホラード氏のお宅がどこかは、むろん知っとるんだろうな？」

「知っとるんだろうな、ってねェ！」と男は叫んだ、「あん人の家《うち》なら、もう自分ん家《ち》同様、どこがどうなってるかまで知ってまさァ。んで、もしもこう薄暗くなかったら、どこにあるかだって、指差して教えてあげられるぐらいですよ。キギエで一番立派なお屋敷だもん。なにしろ金があるからねェ、あのド・ペイルホラードさんときたら。それがまた息子を、自分よりもまだ金持ちと縁組させようってんだから。」

「ええ、その婚礼ってのは、もうすぐなのかな?」と、私は続けた。

「もうすぐかな、って! 宴会のための楽士だって、もう注文済みのはずでさァ。きっと今晩かな、それとも明晩、あさっての晩か、知らないけど。ピュイガリッグでやるんですよ。ってのはね、息子の大将が結婚するのは、ド・ピュイガリッグ家のお嬢さんときてるんだから。きっと豪勢な婚礼になるでしょうよ、まったく!」

私は友達のド・P氏から、ド・ペイルホラード氏宛の紹介状を渡されて来ていた。この友達のいうところによると、ド・ペイルホラード氏はなかなか見識豊かな地方考古学者で、また親切なもてなしということでも定評がある人物、必ずやキギヱを中心として十マイル圏に散らばっている昔の遺跡を、片っ端から見せてくれるに違いない、というわけだった。そこで私としても、古代・中世の遺跡が多いと承知していたキギヱ近辺の考古探訪については、同氏を大いに当てにしていたのである。ところが、いま初めて耳にしたこの婚礼の件は、私の目論見をすっかり狂わせるものであった。

こりゃ「招かれざる客」というわけか、と私は独《ひと》り言《ご》ちた。とはいえ私の来訪は、すでにド・P氏によって先方に伝えられていることでもあれば、ともかくも顔だけは出さなければならない。

「旦那、ひとつ賭けといきましょうか!」とガイドが言いかけてきた。われわれはもう斜面を降《くだ》り終えて平地に入っていた。「葉巻を一本、旦那がド・ペイルホラードさんのところに何をしに行くんだか、うまく当てたらね？」

「だって」と私は葉巻を男に向かって差し出しながら答えた、「なにもそう難しい話じゃなかろうが。カニグゥの山の中を六里も歩き廻ったあげく、この時間となりゃ、もう肝心なのは晩飯にありつくこと以外になかろうじゃないか。」

「そりゃそうだ。だが明日は？……ほれ、旦那はキギエに、例の異教の女神《イドール》を見に来られたんでしょうが、賭けてもいい！　セルラボーナの修道院で、旦那が聖人様たちの顔を写し取っているのを見て、察しがついたんですよ。」

「異教の女神《イドール》だって！　いったい、どんな女神だ？」女神と聞いて、たちまち私は、好奇心に火がついたものだ。

「ええ！　話に出ませんでしたかね、ペルピニャンでさ。どんなふうにしてド・ペイルホラードさんが土の中から女神《イドール》を掘り出したか、ってことがさ？」

「土の中からって、粘土でできた、つまり素焼きの、像ってことかい？」

「とんでもない。あれはね、そうとも、そう、銅でできたやつですよ。あれだけありゃ、銅銭《スウ》がたんとできるはな。なにしろ教会の大鐘一個ぐらいの重さは十分。オリーヴの樹の根方にね、ずっと深いところにあったんだ。俺たちが見つけだしたときにはね。」

「というと、あんたは発見の現場に居合わせたってことか？」

「もちろんですとも、旦那。二週間ほど前にね、俺たち――とはジャン・コルと俺はね――ド・ペイルホラードさんから、去年の冬に凍ってダメになっちゃった古いオリーヴの樹を根こぎにするようにって言われたんですよ。なにしろ去年ときたら、旦那も知っての通り、えらい寒さだったからねェ。それで二人で仕事にとりかかっていると、どうです、すっかりやる気を出してきたジャン・コルの奴が、鶴嘴《つるはし》を一振りガッツンと振り下ろすと、聞こえてきたのがビーンという音……なんというか、鐘でも打ち鳴らしたような音さ。『こりゃ、いってえ何なんだ』ってね、俺はそう言ったんだよ。んで、手を休めずに、ずっと掘りに掘っていくとね、黒い手が出てきたんですよ。まるで死人《しびと》の手が土の中から出てくるってな具合にね。俺はね、すっかり怖くなっちゃった。で、旦那の所に飛んでって、言ったんだ。『死人だァ、御主人、あのオリーヴの樹の下にゃ、死人が何人も埋まってますぜ！　司祭様を呼んでこなくっちゃなんねえだ。』『死人《しびと》たちだと？　いったい、どんな死人だ？』って言うんだからねェ、あの大将！　で、オリーヴ畑にやって来なすった。そして、その手を一目見るや否や、大声で叫んだもんさ、『こりゃ古代物《アンチック》！　古代物だァ！』ってね。そりゃね、まるで宝物でも見つけたような具合でしたよ。それからというもの、鶴嘴を使い、両手を使って、自分で掘ったが、その早いことといったら、俺たちが二人がかりで掘ったのと、ほとんど変わりがないぐらいの働きだったたねェ。」

「で、とどのつまり、いったい何が出てきたのかね？」

「黒い大女でさァ。半分以上がストリップ、おっと旦那、失礼、つまり裸のね。それが頭のてっぺんから足の先まで全部銅だ。で、ド・ペイルホラード旦那が俺たちに言わっしゃるには、こりゃ異教徒の時代の女神だとか……シャルルマーニュの時代、とかなんとか言ってたね。」

「なるほどわかった……取り壊された修道院の、青銅《ブロンズ》の、ありがたい聖母様かなんか、ってわけだな。」

「ありがたい聖母様だって！　まったく、とんでもない！……俺にだって、すぐにわかったはずですよ、もしもあれがありがたい聖母様だったらね。あれは異教の女神《イドール》ですよ、俺が言うんだから間違いない。そんなことは、あの風体《ふうてい》を見りゃすぐにわかる。あの阿魔《アマ》はね、人を大きな白目でジッと見据えるんだ……まるでこっちの顔に穴が開くんじゃないかと思うほどにね。で、つい目を伏せちまう、そうなんですよ、見てる俺らの方がさ。」

「白目だと？　じゃ目は青銅に象眼してあるんだ、きっと。となれば、これはおそらくローマ時代の銅像ってことになるぞ。」

「ローマ時代物！　それそれ、ソレですよ。ド・ペイルホラード旦那も『ローマ女』だって言ってましたよ。なるほどねェ！　旦那も、ド・ペイルホラードさん同様、学者だってことがよくわかるよ。」

「で、その女神像はどこか欠けたところなぞない、保存状態のよい物なんだな？」

「なんてことを！　旦那、どこも欠けたところなんぞ、まったくありゃしませんや。だいいち、市役所に置いてある、ルイ・フィリップ王の彩色石膏の胸像なんかより、ずっと仕上げもよければ、見事なもんですよ。けど、それはそうにしても、あの女神の面《イドール》だけは、俺にはどうも虫が好かないねェ。なんとなく性《たち》が悪いって気がするんだ……じっさい、ひでえ悪戯《わるさ》をやらかしやがったからねえ。」

「性《たち》が悪いって、いったいどんな悪戯《わるさ》を、あんたたちにしたというのかね？」

「いや実をいうと、俺にしたってわけじゃねえんで。が、まあ聞いて下さいよ、すぐわかるから。俺たちはもうおおわらわ、あの阿魔をね、ちゃんと立たせてやろうとやってたんですよ。それにド・ペイルホラードの旦那も、イヤァ立派なお人だが、力といったらまあ若鶏《にわとり》一羽分もあろうかいなってお方が、ロープに取っついて曳っぱってくれていたわけなんですよ！　さんざん苦労したあげくにね、あの阿魔をばピンと立たせてやったんだ。んで、俺は阿魔の足許に敷いてしっかりさせようと思ってね、タイルの破片《かけら》かなんかを拾い集めてたんですよ。そこへドサッだ！　阿魔のやつが、でかい図体を仰向けにして、倒れかかってきやがった。俺は怒鳴ったんだ。『下にならねえよう、気をつけろ！』ってね。でもちょっと遅かった。ってのはジャン・コルの奴、脚を引っ込めるのが間に合わなかったんだ……」

「で、奴は怪我をしたってわけか？」

「脚がね、果樹の添え木よろしく、ポッキリいっちゃったんでさァ！　可哀相に！　それを見た時には俺もカッときてね、鶴嘴でもってあの邪神《イドール》をブチ割ってくれようと思ったんだが、ド・ペイルホラードの旦那が引き止めなすった。旦那はジャン・コルの奴には金銭《かね》をおやんなさったよ。が、それにしてもあいつは、もう事が起こってから二週間になろうっていうのに、まだベッドで寝たきり。お医者が言われるには、こっちの脚では、絶対もう一本のように歩くってわけにはいかんぞ、ってことだ。まったく、とんでもない話さねェ。走りっこにかけちゃァ、あいつは俺らのなかじゃ一番だったし、それに打球競技《ポーム》の腕でも、旦那んところの息子を別にすりゃァ、一番手強い奴だったからよ。んだから、アルフォンス・ド・ペイルホラードの若旦那も嘆くこと。だって一勝負ってことになれば、いつもコルの奴がお相手じゃなくちゃ、始まらなかったからねェ。まったく、あの二人がボールを打ち合ってるところを見せたかったね。ポーン！　ポーン！　ってね、ヴォレーの連続で、ボールが全然コートにバウンドするってことがねえんだからなあ。」

といった具合に話をしながら、われわれはヰギヱの町に入ることとなり、私は幾許《いくばく》もせぬうちに、ド・ペイルホラード氏にお目通りという次第となっていた。同氏は小柄な老人だが、元気いっぱいで顔つきも若々しく、髪粉を頭につけ、赤っ鼻、陽気で、愉快ながらもけっこう抜け目ないお人柄と見受けられた。ド・P氏からの紹介状を開けて見もせぬうちから、立派な御馳走の並んでいるテーブルの前に私を座らせると、奥さんや息子に向かって、この方は高名な考古学者であられると紹介し、学者先生たちの無関心が放ったらかしにしている「わがルション地方をば、忘却の彼方からきっと救い出して下さるお方だ」と宣《のたま》う始末であった。

私は旺盛な食欲を発揮しながら——というのも何が食欲をそそるといって、山の新鮮な空気に勝るものはないのだから——主人側の面々の品定めに取りかかった。ド・ペイルホラード氏については一言すでに触れたが、さらに付け加えると、氏は活動的といって、まさに活発そのもの。食べる合間にも喋るは、立ち上がるは、書庫に走って行って本を持って来るかと思えば、石版画を見せてくれるし、その間にまたグラスに酒を注いでくれるといった有様、ちょっとの間もじっとしていなかった。いっぽう奥方の方は、四十代に入ったカタロニア女性ならたいていそうなるように、やや太めが勝ち過ぎの田舎女《いなかもの》で、家事の取り仕切りにかまける一方と見えた。夕食ときたら、少なくとも六人分はたっぷりあろうというのに、まだそのうえに厨房に飛んでいって、鳩を締めさせ、玉蜀黍《とうもろこし》の砂糖団子《ミギアス》を揚げさせるかと思うと、果物の砂糖漬けだとていくつ壺の封を切らせたかわからないぐらいだった。あっという間にテーブルは御馳走の皿と、酒瓶の林立とで溢れかえり、出された物すべてに、ちょっと味見程度に口をつけただけでも、私なぞ消化不良を起こして御陀仏となったに違いない。かつその間《かん》も、一皿御馳走を御辞退申し上げる、そのたびごとに新たな弁解を聞かされる羽目となった。「キギヱなんぞに来られて、さぞかし御不便な思いをなさっておられるでしょう。なにせ田舎のこととて、ろくな物はないところにもってきて、パリのお方にはちょっとやそっとのことでは御満足いただけませぬから」などなどであった。

かく親たちが立ち騒ぐなかにあって、アルフォンス・ド・ペイルホラード君だけは、不動の土地境界神《テルメ》よろしく、身じろぎ一つしなかった。同君は二十六歳、丈の高い若者で端正な美しい顔立ちだったが、いま一つ表情に欠けるものがあった。その大柄な身の丈、スポーツマンにふさわしい体格は、疲れを知らぬ打球競技《ポーム》の達人という当地での名声を、さもありなんと頷かせるに十分だった。その晩の服装《みなり》ときたら、まさに「ファッション画報」の最新号から、口絵がそのまま抜け出してきたような洒落た恰好、でも当人はその服を着て、どうもぎこちなく感じているように見受けられた。というのもビロードの襟を立て、まるで棒を呑んだようにしゃちほこばり、横を向くときでも身体全体をそちらに向ける有様だったからだ。そしてすっかり日焼けした分厚い掌といい、短く切った爪といい、服装とは奇妙にチグハグな対照をなしていた。それはパリの伊達男《ダンディ》の優雅な袖口から、ニュッと突き出た農夫の武骨な手というぐあいだった。が、それは別として、私がパリ者だというので、頭のてっぺんから爪先までジロジロ見廻したあげく、食事の間じゅうで私に口を利いたのはただの一回だけ、それも懐中時計の鎖はどの店で手に入れたのかと聞いたときだけだった。

「ああ！　そりゃもう、お客人」と、夕食もそろそろ終わり近くとなったころ、ド・ペイルホラード氏が言い出した。「ここに来られたからには、貴方は私のもの。この山間部にあって、見る値打ちのある物をみんな御覧になったうえでなくては、放しては差し上げませんぞ。われらがルション地域をお知りになり、それに相応しい評価をお与えいただきたいのですからな。むろんまだ、どれほどのものを御覧に入れることができるか、見当もおつきにはなるまいて。フェニキア、ケルト、古代ローマ、アラブ、ビザンチンの遺跡が、どんなものでも、みな揃っているのですからな。いうなれば下草から巨木にいたるまで、なにからなにまでね。で、どこからどこまでお連れして、御面倒でも、煉瓦の一破片《ひとかけら》だとて見ていただければなりませんからな。」

ここで急に咳がこみ上げて、ド・ペイルホラード氏の言葉が途切れた。これ幸いと私は、「御一家にとり、いと重要なお祝い事をなさろうというこの時期、お邪魔するのは本意ではない。もしも、これから私がしようと思っている遺跡探訪につきありがたい御助言を賜れば、それでもう十分。あとは、わざわざ御同道いただかなくとも、自分で……」と口を挟んだ。

「ああ！　貴方は、この坊主の婚礼のことをおっしゃっておられるんですな」と、ド・ペイルホラード氏は私を遮って叫んだ、「なにをおっしゃる！　その件は明後日で片づいてしまうんですよ。婚礼には、貴方だって家族の一員として出ていただきましょう。というのは、じつは嫁御《ご》寮《りょう》が喪中なんですよ、伯母さんのね。その伯母さんの遺産相続人だったんですがね。だから、お祭りはナシ、舞踏会もむろんナシ……まったく残念ですなァ……せっかく、わがカタロニア娘どもの踊るのを御覧になれたものを……まったく綺麗ですからなァ。で、貴方だってひょっとすれば、うちのアルフォンスの真似をしたくならんともかぎりませんぞ。『婚礼は一つあると、次々と後が続く』っていいますからなァ……で、今度の土曜日、若い者《もん》たちが結ばれてしまえば、こちらはもう暇。われわれ二人で、野駆けといきましょう。申し訳ありませんが、田舎の結婚式なんて退屈なものを御辛抱願うということでね。お祭り騒ぎなんて飽きるほど見ておられるパリの方に……それも舞踏会抜きの婚礼なんてねェ、まったく！　とはいえ貴方、花嫁……それも、なんて花嫁だ……その花嫁を御覧になれますぞ。ひとつ、見ての品定めをお願い致しますかな。といっても貴方は謹直なお人柄、女たちなぞには興味がおありにならないのでしたな。が、私はもっとよい物をお目にかけることもできます。これはかなりの代物《しろもの》で！……でも、アッと驚いていただくのは明日ってことにいたしましょうや。」

「なるほどねェ！」というのが私の返事、「『誰かのところに宝があれば、世間が必ず嗅ぎつけずにはおかん』ってやつですなァ。いったい何でもって、私をびっくりさせてやろうとお考えか、わかるような気がしますよ。もしも話がお宅で出た彫像のことでしたら、ガイドがしてくれた話を聞いて、私はもう興味深々、手放しで感嘆という気分になっておりますがね。」

「ああ！　あいつがもうお話ししましたかい、あの『偶像《イドール》』のことを。ってのは連中がそう呼んどるんですよ、私の素敵な美女『トゥルのヴェヌス』をね……でも、いまはなにも申し上げますまい。明日、白日の下でじっくり御覧いただきましょう。そして、これが傑作だと考える私の判断が正しいかどうか、おっしゃっていただきます。いやぁ、まったく！　これ以上ぴったりという折《おり》にお出でいただくことは、まずできませんよ！　像には銘文も彫ってあるんですがね、これがまあ学のない私には、こう読んだらよかろうっていう解釈をしてますが……そこへパリから学識経験者がお越しときた！……私の読みなんぞ、お笑い草でしょうけど……というのは、じつはちょっとした論考ってやつを書いてみたわけでしてね……かく申すこの私がですよ……地方在住の老考古研究家がひとつ打って出てみたわけなんで……増し刷りするのが間に合わなくて、印刷所が音《ね》を上げるってことにしたくてね……もし拙文にお目通しいただき、斧鉞《ふえつ》をお加えいただけましたら、ものになる望みもまったくないわけではない、とね……例えばの話、台座に刻んであるこの銘文を貴方はどう訳されますか、とても興味があるんですがね。ほれ「ＣＡＶＥ（＝要注意）……」で始まるんですが。でもまあ、何もお訊きしませんよ、まだ！　みな明日、明日ということでね！　女神については、今晩はもう打ち止め、打ち止め！」

「そう、それで結構、ペイルホラード」と奥方が言った、「もうあんたの『偶像《イドール》』のことは、そこらで放っておきなさいな。お客様がお食べになるのを邪魔しているぐらい、わかるでしょうが。さあさあ、この方はパリで、あんたのなぞよりよっぽど素晴らしい彫像をいくつも見ておいでなのよ。チュイルリーに行ったら、それこそもう何ダースっていうほどあるじゃありませんか。それも同じ青銅製《ブロンズ》のがね。」

「やれやれ、これこそ無知、田園の尊き無知というやつですな！」と、ド・ペイルホラード氏は奥方の話の腰を折った。「感嘆すべき古代の遺品を、あの平凡なクゥストウの駄作と較べるとはなァ！　まさに、

『なんたる、礼儀知らずの言《げん》もて、
　神々につき語るものかな、ここな山の神めが！』(1)

じゃありませんかねェ。

御存じですか、この家内はねえ、私の彫像を鋳溶《いと》かして、町の教会の鐘にしたらいいなんて吐《ぬ》かしたんですからなァ。自分が鐘の名づけ親になれるからってね。あのミロン(2)の傑作をですぜ、貴方！」

「傑作！　傑作！　って、その大傑作の女神《イドール》が、とんだ傑作をやらかしたもんですわ、若者の脚を折るなんてねえ！」

「おい女房、わかるか？」と、ド・ペイルホラード氏は断乎たる声音で、絹の多色ボカシ織りの靴下を穿いた右脚を奥方の方に伸ばしつつ言い放った、「『よしわがヴェヌスの、この脚を折りたまえばとて、儂《わし》はつゆ恨み申さず』だぞ。」

「なんてことを！　ペイルホラード、よくも、そんな口が利きけるわね！　まあ幸い、あの男は快方に向かってはいるけれど……でも私はね、あんな厄災を引き起こす偶像《イドール》なんて、もう見る気

にさえなれませんわ。気の毒なジャン・コル！」

「女神《ヴェヌス》により手傷を負わされ、ですからな、貴方」と、ド・ペイルホラード氏は声高に笑いながら言った「女神により手傷を負わされたるに、下郎《げろう》めが、なに恨み申すか、

“Veneris nec paraemia noris.”（＝ヴぇぬすノ贈物ヲバ、汝ハ知ラズ）

いや『何人かヴェヌス神によりて、愛の手傷を負わされざりし者ありや？』ですからな。」

むろんラテン語よりフランス語の方がお得意のアルフォンス君は、したり顔で目をしばたたくと、「パリのお方、身にお覚えがおありですかな」とでも言いたげに私の方を見やった。

夕食はやっとお開きとなった。なにしろ、もう私が御馳走に手をつけなくなってから、かれこれ一時間は経っていた。疲れていたし、引きも切らずに出てくる欠伸《あくび》を隠そうとしてもどうにもならなかった。ド・ペイルホラード夫人がまず最初にそれに気づいて、「もうお寝みの時刻ですよ」と言ってくれた。そこで今度は、私が夜を過ごすことになっている寝間の粗末なことについて、新たな弁解が始まることとなった。「とてもパリでのようにはいきません。なにしろ地方では、生活《くらし》がまだ悪いですからなあ！　ルション地方には御寛恕のほどを」といった具合である。

私がいくら、「山の中を一日中歩き廻ったあとですから、乾し藁束を並べたって、それでもう素

晴らしい寝床ですよ」と抗弁してもさっぱり耳を貸してもらえず、またぞろ「なにせ情けない田舎者のことですから、思いの、それこそ万分の一もおもてなしできなくて申し訳ない」と、また始まる有様だった。やっとのことでド・ペイルホラード氏に伴われて、私の寝間に決められた部屋に入ることができたが、そこに通ずる階段は、上半分は木製で、回廊の真ん中に出るようになっていた。そして回廊に面していくつもの部屋が並んでいた。

「右手が、これからアルフォンス夫人になろうって女《ひと》の居室《アパルトマン》にしようと考えている部分でしてね。貴方のお部屋は、反対側の翼のいちばん端っこ。御承知の通り」と、いかにも物わかりのいい人物らしく見せようとして付け加えた、「つまり、新婚の者たちってのは、自分たちだけにしてやるのが思いやりというものですからな。貴方は家のこちら側の端で、あの連中はあちらの端っていうわけです。もう先刻御承知でしょうけれども。」

われわれ二人は立派な家具を備え付けた部屋に入った。まず最初に目を奪われたのは大きなベッドで、長さが七フィートで幅が六フィート、それも高いことといったらやたらに高いので、上がろうと思うと、足台《スツール》にでも乗らなければとてもよじ登れないぐらいの代物《しろもの》だった。主人の方は、召使い用の呼鈴の紐はここと指差し、それから砂糖壺はいっぱいで、オーデコロンの瓶は化粧台の上にちゃんと置かれているかどうかを自ら確かめたあと、何か足りない物はありませんかねと何度もしつこく尋ねたうえ、やっと「お休みなさい」と挨拶して、私を一人にしてくれた。

部屋の窓はみな閉めてあった。ピジャマに着替える前、夜のヒンヤリした空気を吸おうと、その一つを開けたのだが、なにしろ長い夕食のあとのこととて、じつに心地よかった。眼前にはカニグゥ山がそびえており、その姿はいつに変わらず見事だったが、とくにその夕べは、皓皓《こうこう》たる月光に照らし出されて、世の中にこれほど美しい山はほかにあるまいと思われるほどだった。しばらくその得も言われぬ山影に見とれたあと、窓を閉めようとしていたのだが、ちょうどそのとき、視線を下に向けると、家から二十間《トワーズ》ばかり離れたところに台座に乗った彫像があるのが目に映った。その像は、小さな庭と、大きな正方形の真っ平らなコート、あとでわかったのだが町の打球競技場《ジュー・ド・ポーム》とを仕切っている生け垣の角のところに置かれていた。コートのある地所は、もともとド・ペイルホラード氏の持ち物だったのだが、息子に強くせがまれて、同氏が町に譲ったものということであった。

私がいた場所からは、彫像がどんな姿勢をとっていたかを見分けることは無理で、その丈の高さを推し量ることができるだけだった。丈は、およそ六フィートほどと思われた。ちょうどこのとき、町の若い者が二人、あのルション地方の粋な民謡『山よ《モンターニュ》大盃《おおさかずき》』を口笛で吹きつつコートを横切っていたのが、生け垣の傍を通りかかったものだ。二人は立ち止まって彫像をしげしげと見つめ、そのうちの一人なぞは声高に像に向って悪態をつきさえした。喋っている言葉はカタロニア語だったが、もうルション地方に来てかなり経っていたこととて、私にも男の言っていることはほぼ聞き取れた。

「ここにいやがったか、このクソ阿魔《アマ》！（カタロニア語の単語は、もっとずっとひどい表現だった。）ここにいやがったか！」と、言っていた「お前だな、ジャン・コルの脚をへし折ったってのは！　俺が相手だったら、お前の首の骨を折ってやったのによォ。」

「アホらしい！　何でもって折るんだ？」と、もう一人。「こいつは銅製だぞ、とても堅くてな、やっつけてやろうてんでエチエンヌの奴がこいつに鑢《やすり》をかけたんだ。けど鑢の方が折れちまった。なんでも異教徒時代の銅だとか、なんたってクソ堅《かて》えんだ。」

「おらのネジ切り鋏《ばさみ》があればなァ（どうやら錠前屋の徒弟とみえた）、こいつの大《でか》い白目をば、巴旦杏《アマンド》を殻からほじくり出すように、アッという間に両方とも繰り抜いてくれるんだが。百文《スウ》がところの銭《ぜに》にはなるぜ。」

二人は立ち去ろうとして、何歩か行きかけた。

「偶像《イドール》の阿魔に『おやすみ』を言ってやらなくちゃ」と、とつぜん背の大きい方の徒弟が立ち止まって言った。

そして身をかがめたのだが、小石を拾った様子で、腕をまわして物を投げつけるのが見えた。とたんにブロンズ像に何かが当った音が高らかに響いた。と間髪を入れず、徒弟の方が悲鳴を上げて、手を頭に当てた。

「阿魔め、投げ返してよこしやがった！」と、叫んだ。

言うなり二人の若い者は、もう全速力で逃げ出していた。むろん投げられた石が青銅に当って跳ね返り、男が女神に対してなした、途方もない無礼に罰を下したのだ。

私はほがらかに笑いながら、窓を閉めた。

「御当地でも蛮族《ヴァンダル》が一人、女神様《ヴェヌス》のお怒りに触れたか。なにとぞ、わが由緒《ゆかり》の遺物《たから》を毀《こぼ》つ者すべて、かく頭を砕かれんことを！」

こう、いささか乱暴な祈念を捧げつつ、私は眠りに落ちた。


翌朝、目を覚ましたとき、すでに日は高く昇っていた。

ベッドの傍らには、一方に部屋着姿のド・ペイルホラード氏の姿、もう一方には、奥方差し廻しの召使いが、ココアのカップを捧げ持って控えているのが見えた。

「さあ、起きたり、起きたり、パリの大人《たいじん》！　これぞまさしく、わが『京《みやこ》の遊民』っていうやつですなァ！」大急ぎで私が身仕舞いをしているあいだも、主人は喋り続けた。「いまは八時、それなのに、まだベッドとはねェ！　この私めなぞ、もう六時から起きておりますぞ。二階に上がってくるのはこれで三度目、抜き足差し足ドアに近寄り、聴き耳を立てても、人の気配がまったくない。いったい生きているのか、死んでいるのか。貴方のお歳で、眠り過ぎは体に毒ですぞ。それに、まだ御覧になっておられぬ、わが女神《ヴェヌス》のことだってある。さあ、急いで一杯おやり下さい、このバルセローナから到来のココアをね……折紙付きの密輸品ですよ、これは……パリでも、こんなのにはお目にかかれないってココアですからな。元気をつけてね。っていうのは、『一度わが女神《ヴェヌス》の御前《みまえ》にまかり出《いず》れば、いかにしても君を去らせること能《あた》わず』ってことになりますからな。」

アッという間に身支度は完了、とは髭はザッと当たっただけ、上着のボタンはチグハグ、アツアツのココアをガブリとやって口の中は大火傷、という次第で私は庭に降りた。そして、見事な一体の彫像の前に立ったのである。

いかにもそれはヴェヌス女神像、それも素晴らしい美しさの彫像であった。偉大な神々を表わす際の古代人の伝統に従い上半身は裸。右手は曲げられて乳房のあたりに達し、掌《たなごころ》を内に向け、親指と続く二本の指は延ばしたまま、残りの二本が軽く折り曲げられていた。もう一方の手は腰の近くにあって、下半身を覆う衣の襞をつまんでいた。彫像の、この姿勢は私に、何故《なにゆえ》かは知らぬが「(ゲルマニア戦役の驍将・皇帝)ゲルマニクス」の名で通っている「指立て遊びをする男」の姿を想い起こさせた。おそらく作者は、女神が「指立て遊び」に打ち興じる姿を、表わそうとしたのかもしれない。

が、それはともかくとして、このヴェヌス神の身体に勝《まさ》って完璧な身体表現に接することは不可能であった。これより以上に甘美で、かつ淫蕩な肉体《からだ》の線にお目にかかることはできない相談だったし、衣の襞の表現の方も、これに勝って優雅かつ上品なものはありえなかった。私の予想では、せいぜいローマ帝国末期あたりの作品だろうと思っていたのだが、じっさい目にしたのは、なんとギリシャ彫刻最盛期の傑作だった。とくに私を驚かせたのは、その人体表現の得も言われぬ迫真性で、もしも自然がかくも完璧な肉体を生むことができるとしての話だが、実際に生きているモデルから型を取って作られたのではないかと思われるほどであった。

髪の毛は額の上に掻き上げられていたが、元来は金箔が捺されていたと見えた。頭部は、ギリシャ彫刻のほとんどすべてがそうであるように小さく、かつ軽く前方に傾いていた。顔の表情については、その奇っ怪な特徴をどう表現したものか、私にはさっぱりわからなかった。というのは、どれほど記憶を辿ってみても、これに似たタイプのいかなる像も思い当たらなかったからだ。それは、ギリシャの彫刻家たちに特有な、清澄かつ峻厳な美では絶対になかった。（この美こそが一律に、顔のあらゆる表情に、荘厳かつ何物にも動かされぬ不動性を附与するのだ。）そうではなくて逆に、人物の悪意を残忍性にまで高めて表現しようとする彫刻家の明らかな意図をこの像に看て取って、私は愕然とした。あらゆる表情は、微かではあるが歪んでいた。視線はやや傍に向けられ、唇は両隅で吊り上がっていたし、小鼻がいくぶん膨らんでいる。侮蔑・皮肉・残忍性、そういったものが、この顔に明らかに看て取れた。だが、にもかかわらず、表情は全体として、信じられぬほどの美しさを示していた。じっさいこの素晴らしい彫像に見とれれば見とれるほど、人はますます、いかにしてかかる驚嘆すべき美が、あらゆる節度の欠如と共存し得るのかという、苦痛に似た苛立ちを覚えずにはいられなかった。

「もしもこの作品にモデルが実在したとして」と、私はド・ペイルホラード氏に話しかけた、「といっても、かって天がそんな女性を生み出すなぞということがあったとは信じられんのですがね、その女性の愛人たちこそ、なんと憐れむべき者たちだったのではないでしょうか！　その女性はさだめし、男たちを絶望のあまり死に追いやることをもって、己れの歓びとしていた女《ひと》だったでしょうからね。あの表情には、なにか獰猛なところが感じられます。だが、にもかかわらず、かほど美しいものをかつて見たことがない。」

「『さてこそヴェヌス女神の、総身を挙げて、己れの獲物に躍りかかりし！(3)』ですな」と、私の興奮にわが意を得たりと、ド・ペイルホラード氏が叫んだ。

女神の浮かべる、この皮肉な地獄の微笑は、銀を象眼してキラリと輝く双《そう》の眼《まなこ》と、時が彫像全体を覆うに到った黝《くろ》ずんだ緑 青《ろくしょう》との対比によって、おそらくいっそう際立たせられていたと思われる。その眼の輝きは、見る者の心に現実——とは生命——を想起させ、一種の幻覚を生じさせた。道案内《ガイド》が言っていた「あの阿魔は、見る者の目を伏せさせるんだ」という言葉を、私は憶い出した。いやそれは、ほとんど真実といってよかった。そしてこのブロンズ像を前にして、いつか怖れに心の平静を搔き乱されている自分に気づいて、われとわが身を腹立たしく思う気持ちを抑えることができなかった。

「彫像の方は、じっくりと細部に到るまで観賞していただいたわけですから」と、主人は言い出した。「考古学におけるわが同僚として、お差し支えなくば、ここらで学術的な討論に入らせていただきましょう。まだ、まったく御注意いただいておらぬようですが、この銘文については、お考えは如何ですかな？」

そう言いながら彫像の台座を指し示した。そこには、

「CAVE　AMANTEM」

と書かれてあるのが、読めた。

「Quid dictis, doctissime?（ハタシテ御意見ヤイカニ、大先生？）」嬉しそうに揉み手をしながら主人が訊いてきた、「この『CAVE　AMANTEM』について、私どもの見解が一致いたしますかどうか！」

「さて」と、私は答えた。「二通りの解釈がありますな。一つは『汝《なれ》ヲ愛《め》ズル者ニ注意《こころ》スベシ』、つまり『お前の愛人たちに心を許してはならぬ』ですかな。だが、この意味だとすると、はたして『CAVE　AMANTEM』が、格の正しいラテン語といえるかどうか。またこの女《ひと》の悪魔的といってもいい表情を見ると、彫刻家はむしろ見物に対して、この怖しい美人に用心せよと言

いたかったのではないかという気がします。したがって私の訳は、『モシコノ女《ひと》、汝《なれ》ヲ愛《め》ズレバ、汝須《なれすべ》カラク、注意《こころ》スベシ』となりますかな。」

「ふーむ！」と、ド・ペイルホラード氏は言った。「いや、じゅうぶん成り立ち得る解釈です。だが私としては、真っ平御免を被って、最初の方の訳を取りたいですな。それをさらに敷衍してね。ヴェヌス女神の愛人は誰か、むろん御存知ですな？」

「愛人といったって、大勢いるじゃありませんか。」

「もちろん、でも筆頭はなんといってもヴルカヌス神ではありませんか。したがって彫刻家が言いたかったのは、『お前の素晴らしい美貌、そのお高くとまった侮蔑的な様子にもかかわらず、お前の愛人は例の鍛冶屋《かじや》、足萎えの下郎《げろう》』ってことじゃありませんかね？　とはすなわち、貴方、尻軽女《コケット》どもに対する、まことに深遠な教訓だ！」

私は苦笑を禁じえなかった。この解釈こそ、無理無体のこじつけにしか思われなかったからだ。

「いや、ラテン語というのは、まったくとんでもない言葉ですな。なにしろ簡潔そのものときてる」というようなことを、わが古代研究家を正面きって論破するのを避けるため、私は呟き、彫像をもっとよく見ようと、五、六歩退がろうとした。

「ちょっと待った、御同学！」と、私の腕を取って引き留めながらド・ペイルホラード氏が言った。「貴方はまだ、全部見られたわけじゃない。もう一つ別の銘文が、まだあるんですよ。台座に上がって、右腕をよく見て下さい」、こう言いながら、私が登るのに手を貸してくれた。

私は、あまりなりふり構わず、ヴェヌス神の頸に手を廻して抱きついた。もうこの時までに、像に対してなんとなく親近感を覚え始めていたのである。一瞬、その顔を、まさに文字通り鼻をつき合わせて、対面することとさえした。女神は近くで目にすると、いっそう邪悪に、しかしまたいっそう美しく見えた。それから腕に何か、一見したところ古代文字の草書体で、何か書かれているのが認められた。さんざん老眼鏡のお世話になったあげくに、次のような単語を声に出してたどたどしく読んでいったのだが、ド・ペイルホラード氏は私が一語一語読み上げるごとにその単語を繰り返し、身振りと声とで賛意を表わした。

私が読んだところは、以下のごとくである、

VENERI　TVRBUL……
EVTYCHES　MYRO
IMPERIO　FECIT.

一行目の『TVRBUL』という語のあとには、いくつかの字がまだ書かれていたようなのだが、それが削り取られているのではないかと思えた。しかしながら『TVRBUL』だけははっ

きり読み取れた。

「で、それはどういう意味で？……」と、わが主人は嬉しそうに悪意の入りまじった笑いを浮かべながら問いかけてきた。というのは、この『ＴＶＲＢＵＬ』の難問から、容易《たやす》くは私が抜け出せまいと思ったからだ。

「まだ、よくわからない言葉が一つありますがね」と、私は答えた。「残りは簡単です。『えうてぃけす・みろん、ゔぇぬす女神ノ命ニヨリ、コノ捧ゲ物ヲ作ル』ですかね。」

「素晴らしい。だが『ＴＶＲＢＵＬ』は、どうなさる？　いったいこの『ＴＶＲＢＵＬ』を、どう扱われますか？」

「『ＴＶＲＢＵＬ』は、どうも面倒ですな。さっきからヴェヌス女神によく使われる肩書きで、役に立つものが何かないか探してるんですがね。たとえば、『ＴＶＲＢＵＬＥＮＴＡ』ではどうです？　『騒がせる、心を掻き乱すヴェヌス……』では？　御覧の通り、私はずっと女神の邪悪そうな表情が気になって仕方がないのですよ。『ＴＶＲＢＵＬＥＮＴＡ』ならば、ヴェヌス神の肩書きとしては、そんなに悪くはないように思えますがね」と、控え目な調子で私は付け加えた。

というのもこの解釈は、私自身にも十分満足がいくものではなかったからだ。

「『騒ぎをもたらすヴェヌス！』つまり『騒ぎ屋のヴェヌス！』ってことですか。ああ！　それじゃ貴方は、わがヴェヌス女神を『キャバレーのヴィーナス』ぐらいにお考えってわけですか？　とんでもない話だ、貴方、これはれっきとした神の血筋に連なるヴェヌスです。が、それはともかく、この『ＴＶＲＢＵＬ』を説明して差し上げましょう……ただ、少なくともお約束いただかなければなりません。小生の『論考』の刊行前には、私の発見を絶対に口外しないってね。というのは、おわかりでしょうが、じつはこの発見を、私は大いに得意に思っております……貴方がたも、われわれしがない地方者に、なにほどかの落穂を残しておいてやっていただきたい。なにしろパリの学者先生たちのもとには、発見の種はあり余るほど集まって来るのですからなァ！」

ずっと乗ったままでいた台座の高みから、私はド・ペイルホラード氏に対して、氏の発見を盗むような卑劣な真似は絶対にしない、と厳かに誓った。

「『ＴＶＲＢＵＬ』……はですね、貴方」と、誰か私以外の者に聞かれるのを恐れて、ド・ペイルホラード氏は台座に近寄りつつ、声を潜めて言った。「これを『ＴＶＲＢＵＬＮＥＲＡＥ』と読んでいただきたい。」

「それでも、いっこうわかりませんが。」

「まあ、お聞き下さい。ここから一マイルほど離れたところ、山の麓にブゥルテルネール Bouleternere という村があります。これがじつは、ラテン語の『ＴＶＲＢＵＬＮＥＲＡ』の崩れた形なんです。こうした類《たぐ》いの音韻の入れ替わりは、ごく当り前のことです。で、貴方、ブゥルテルネールはかつてローマの町でした。ずっとそうではないかと推測していたのですが、どうしてもその証拠がみつからなかった。その証拠が、まさにこの彫像なのです。このヴェヌス女神は、ブゥルテルネールの町の守護神だったんです。そしてこのブゥルテルネールという名前、私が古代起源だと証明いたしたこの名前は、さらにもっと興味深い事実を証してくれます。すなわちブゥルテルネールは、古代ローマの町である以前に、フェニキア人の町だったのです！」

ここでド・ペイルホラード氏はいったん口を噤んだが、それは息を継ぐためと同時に、私の驚嘆ぶりを見て楽しむためだった。いっぽう私はといえば、爆笑したくなるところを、耐えるのがやっとだった。

「じっさい」と、氏は続けた。「『TVRBULNERA』は、生粋のフェニキア語です。『TVR』、これを『TOUR……（トゥール）』と発音して下さい。『TOUR』と『SOUR』は同じ単語なんです、でしょ？　で、『SOUR』は『Tyr（ティール）』のフェニキア名です。となると、これ以上貴方にこの名前の意味するところを申し上げるにも及びますまい。『BVL』、これは『BAAL』です。『バール』、『ベル』、『ブル』、いずれもホンのちょっとした発音の違いです。他方『NERA』の方は、いささか厄介です。私としては、フェニキア語の単語が見つからないものですから、こちらはギリシャ語の『ネロス』、つまり『湿っている』あるいは『沼地の』という単語から来ていると考えたいですな。合成語ということです。『ネロス』起源が正しいことを証明するために、ヴゥルテルネールにまいったら、どんなふうに山から流れて来る小川が湿地を作り、悪臭を放っているかをお見せしますよ。またそうではなくて、語尾の『NERA』は、ずっと後代になって、（アクイタニアの執政官《コンスル》を務めた）テトリクスの妻、ネーラ・ピヴェスーヴィアを記念するために付け加えられた可能性もあります。きっと『TVRBUL（トゥルブル）』の町に、何か恩恵を施したということですかな。でも湿地帯があるので、私としては『ネロス』語源説を取ります。」

こう述べると、満足気な表情で嗅ぎ煙草をひと抓《つま》み取り、鼻に持っていった。

「が、フェニキア人のことはひとまず措くこととして、銘文に話を戻しましょう。拙訳は、したがってこうです、『ヴゥルテルネールのヴェヌス女神に、女神の命によりミロンこの像を作り、奉献する。』」

ド・ペイルホラード氏の語源説を批判するのは、もちろん私の厳《げん》に慎しむところであった。しかし自分にも物を見る目が欠けているわけではないことを示してやろうと、次のように言った。

「ちょっと待ったり！　ド・ペイルホラードさん、ミロンは確かに何か捧げ物をしましたよ。しかし、それがこの像であるとは、ぜんぜん思えませんね。」

「なんですって！」と、氏は叫んだ。「ミロンは有名なギリシャの彫刻家じゃないですか？　その才能は一族の血に連綿と受け継がれ、この像を作ったのはおそらくミロンの子孫の誰かで、これより確かなことはない。」

「だがそうはいっても」と、私は反論した。「この腕のところに、小さな穴があります。この穴は、何か、たとえば腕輪か何かを留めるために開けられたんではないかな。そしてそれはミロンという人物がヴェヌス女神に、罪の贖《あがな》いの印として捧げた物です。とすれば、このミロンは女神に嘉《よみ》されなかった愛人《もの》で、ヴェヌス神はミロンに瞋《いか》りを発し、懼《おそ》れたミロンは黄金の腕輪を奉献して神の御心《みこころ》を宥《なだ》めた、と、こうなりませんかね。ホレ、この〝fecit（作る）〟は、とてもよく〝consecravit（奉献する）〟の意味で使われるじゃありませんか。二つは同義語なんです。もし手許にグルーテルか、あるいはオルレリウスの辞書でもあれば、用例をいくつでもお見せできるんですがねェ。ごく自然なことだが、誰かに恋してしまった男、つまりミロンが、夢にヴェヌスが現われるのを見る。そして女神の彫像に金の腕輪を捧げることを命ぜられたと思い込む。ミロンはそこで奉献します、腕輪をね……その後、蛮族どもか、あるいは神を畏れぬ盗賊が……」

「いやぁ！　貴方がたいへんなストーリーテラーだってことが、よくわかりましたよ！」と、私が台座から降りるのに手を貸しながら、ド・ペイルホラード氏は声を上げた。「でも、これは違う、貴方、これはミロン一派《スクール》の作品です。この作者の腕前をちょっとでも見て下さい。すれば貴方だって、その通りだとお認めになるでしょうが。」

いったん言い出したら絶対にあとには退かないアマチュア古代研究家を相手に、むやみに激し

く言い争わないのを原則としていた私は、論破されたふりで頷きながら、ただ、

「いや、素晴らしい作品ですな」と、言うにとどめた。

「ああ、とんだことを！」と、ド・ペイルホラード氏が叫んだ。「また新たな蛮行《ヴァンダリスム》の跡がある！　誰かが私の彫像に石を投げおったな！」

それはヴェヌス神像の乳房の少し上の部分に白い傷跡があるのに気づいたからだ。私は同様の傷が、右手の指の部分にもあるのを認めた。だがこの時はまだそれが、投石の際に指にも石が当たってできたものか、あるいはまた像にぶつかったときの衝撃で石が割れ、その破片《かけら》が指にも跳ねかえってできた傷かぐらいにしか思わなかった。そこで私は、前夜目撃した神像に対する侮辱行為と、間髪を入れずに起こった懲罰の件を物語った。ド・ペイルホラード氏は聞いて大笑いして、例の徒弟を、ディオメデスに譬《たと》えたうえ、ギリシャの英雄に起こったように、そいつの仲間がみな白い鳥に変えられるのを見られたなら、なおよかったものをと悪態をついた。

昼御飯を報せる鐘が響いて、この古典《クラシック》古代絡みの会話は中断ということになり、私は昨晩同様、また腹に入り切らぬほど食べさせられる羽目となった。次いでド・ペイルホラード氏の小作人たちがやって来て、氏がその連中に謁見を賜っているあいだ、今度は御曹司が私を、婚約者のためにトゥルーズで誂えた幌付《コンヴァーチブル》きの四輪馬車《カレーシュ》を見せに連れていってくれた。いうまでもないが、私はその馬車を大いに褒め上げた。それから連れ立って厩舎に入ると、なんと半時間もかけて持ち

馬の自慢をし、それぞれの血統から郡の競馬で取った賞の数々まで並べ立てる始末。そして最後に、とうとう未来の花嫁の話を持ち出したが、それはなんと、花嫁用にしようと思っている灰色の牝馬の連想から、話がそちらに移っていくという具合だった。

「今日、あの人に会うことになりますよ」と、言い出した。「綺麗と思っていただけるかどうかわかりませんがね。なにしろパリの方々は、好みがやかましいから。でも当地とペルピニャンでは皆が、魅力的な美人だと言ってくれてますよ。けれどもいいのはね、たいへんな金持ちだってことです。プラドォに住んでた伯母さんが、財産を遺《のこ》してくれたのでね。ああ！　僕は、すごい仕合わせ者になるだろうなァ！」

まだ若い者が、花嫁となる女《ひと》の美しい眸《ひとみ》よりも、持参金の額《たか》に惹かれているのを見て、私はすっかり嫌な気持ちになってしまった。

「宝石のことにはお詳しいんでしょう？」と、アルフォンス氏は続けた。「なら、これをどうお思いになられますか？　これが明日、あの人に贈る指輪なんですよ。」

そう言いながら、もう小指の第一関節から、二本の手が握り合わされた意匠に、ダイアモンドをいくつもあしらった、大きな指輪を引き抜いていた。二本の手の意匠が意味するところは、まことに詩的で素晴らしいと私には思えた。細工から指輪は時代物と知れた。だがそれにダイアモンドを嵌め込むために、あとで手が加えられた節がある。内側にはゴチック字体で「Sempr'ab ti」

すなわち「汝《なれ》ト共ニ、永遠《とこしな》ヘニ」と彫ってあるのが読めた。

「見事な指輪です」と、私は言った。「しかし、ダイアモンドを加えたために、いささか本来の性格が失われたような気がしますな。」

「おお！　なにをおっしゃる、こうしたから、前よりずっと綺麗になったんですよ」と、相手は得意気に微笑みながら応じた。「千二百フランがところのダイアモンドです。指輪をくれたのは母なんですがね。これはとても古くから家に伝わった指輪だそうで……なんでも騎士道華やかなりし時代からのものとかいいます。おばあさんの結婚の折《おり》に使ったが、そのおばあさんがまた、自分のおばあさんから譲られたという。いったいいつ頃作られたものやら。」

「パリの習慣《しきたり》では」と、私は言った。「何も飾りのない指輪を贈ることになっています。普通は二種類の異なる金属――たとえば金とプラチナですな――で作った指輪です。ほれ、そちらの指に嵌めておられる、もう一つの指輪の方がずっと適当じゃないですかね。だいたいこちらは、ダイアモンドと浮き彫りにしてある二本の手の意匠があって、大き過ぎて手袋が嵌められないんじゃないですかな。」

「おお！　そちらの方は、マダム・アルフォンスが好きなようにするでしょうよ。どちらにしたところで、あの人だって、これを持って大満足だろうと思いますね。なにしろ千二百フラン指に嵌めてることになるんだから、そりゃいい気分ですよ。じつはこちらの小さい方の指輪ですがね」と、手につけているシンプルな方の指輪を得意気な様子で見やりながら付け加えた。「こちらはね、パリの女がくれたものなんです。謝肉祭の最後の火曜日《マルティ・グラ》にね。アア！　二年前、パリにいたときは愉快だったなァ！　楽しもうと思うんなら、なんといってもパリですねェ！……」と、過ぎた日のことを惜しみながら、嘆息《ためいき》を洩らしたものだ。

その日の晩はピュイガリッグで、許婚《いいなずけ》の両親のお宅での夕食ということになっていた。われわれは四輪馬車に乗り込み、ヰギヱから一マイル半ほどのところにある宏壮な館《やかた》に赴いた。私はド・ペイルホラード家の友人として紹介され、宴席に迎えられた。ここでは晩餐のことも、またその後の、私はほとんど口を出さなかった会話についても、何もいうことはあるまい。アルフォンス君の方は、許婚の傍らに座らされて、十五分おきぐらいに何か一言《ひとこと》耳許に話しかけていた。花嫁の方はというと、ほとんどいつも伏し目がちで、婚約者が何か言うたびに、毎度恥ずかしそうに顔を赤らめてはいたが、だからといって、別に戸惑いする様子もなく受け答えしていた。

ド・ピュイガリッグ嬢は十八歳で、そのスラリとして華奢な体付きは、婿がねの筋骨隆々たる骨張った体格と、いちじるしい対照をなしていた。美しいばかりか、蠱惑的でさえあった。またその返答がいずれも自然で、まったく無理がないのにも私は感嘆した。かつ、気立ての良さそうなその態度、ただそうはいっても、いくばくかの辛辣さにも欠けていないその態度は、わが主人のヴェヌス像を、私に思い起こさせずにはおかなかった。かく、心中に両者の比較をしていると、私には、美しさという点では彫像に軍配を上げなければならないとはいえ、それは主に像が示すあの牝虎のような表情の獰猛性《ねいもう》によるところ大なのではないかという気さえしてきた。けだし感情のエネルギーというものは、それがたとえ邪悪な情熱であってさえも、その激しさそのものにより、われわれの裡《うち》に驚きと、また一種の感嘆の念を、否応《いやおう》なしに惹き起こさざるを得ないからだ。

「なんとも情けない話だ！」と、ピュイガリッグを立ち去りながら、私は独り言《ご》ちた。「かくも愛すべき女《ひと》に資産があり、持参金があるがために、自分に値しない男のものとならなければならんとは！」

ヰギヱに戻りながら、かつド・ペイルホラード夫人にも、たまには何か声をかけるべきだが、かといってなんと言ったらいいかわからず、私はたまたま、

「ルションでは、みなさん開《ひら》けておられて、迷信なぞさっぱり気になさらないようですな！」と、相手によく聞こえるように大声を上げた。「なんとまあ、奥さん、金曜日に結婚式をやられるとは！　パリでは私どもはずっと御幣を担ぎますよ。誰も金曜に妻を娶るなんてことはしません。」

「おお、神様！　その話はもうたくさん！」と、夫人は言った。「もしも私だけで決められるんなら、とっくに別の日にしておりますわよ。でもペイルホラードがそうすると申しましてね、私が負けたんですの。でもじつのところ、気に病んでおります。もしもなにか不幸が起こったら？

何か理由《わけ》があるはずですわよね。それにしても、どうして誰も彼も金曜日は怖がっているんですかねェ？」

「金曜日にするかって！」と、御亭主の方が叫んだ。「そりゃ、ヴェヌス様の日だからじゃないか！　婚礼にはもってこいの日だ！　御覧の通り、御同学の先生、わがヴェヌス女神のことしか考えとらんのですよ、この私はね。正真正銘！　金曜日に決めたのは、女神様のためですよ。明日、もしよかったら、われわれ二人で婚礼の前に、女神にちょっとした生け贄奉献式を執り行なおうじゃありませんか。山鳩を二羽捧げるとかね。となると、お香がどこにあったかわかってたかなぁ……」

「まあ、なんてことを、ペイルホラード！」と、もう憤慨の極に達した夫人が遮った。「異教の偶像《イドール》にお香を捧げるなんて！　神様に対する冒瀆じゃありませんか！　世間様が、私たちのことを、いったいなんと言われるか？」

「それなら、まあ」と、ド・ペイルホラード氏。「女神の頭に、薔薇と百合を編んだ冠を載せるくらいは、お認め下さるかね、

Manibus date lilia plenis.（＝双《そう》ノ手ニ溢ルル百合ヲバ、捧ゲョ。）

御覧の通りですよ、貴方、憲法なんぞ空文に過ぎない。われわれには、信仰の自由なんて、ないんですからなァ!」

翌日の段取りは、以下のように定められた。十時きっちりには、全員が身仕舞いを整え、正装で集まること。朝のココアを呑んでから、馬車でピュイガリッグに向けて出発。民法上の結婚手続きは村の役場で行なわれ、宗教上の婚礼の方はド・ピュイガリッグ家の館の中の礼拝堂で執り行なわれる。それから昼食会。昼食のあとは、各人が適当に七時まで時間を潰す。七時になったらば、キギュに、ド・ペイルホラード氏の家に戻る。そこで、両家の者が一堂に会して晩餐。その後はお定まりの進行だが、舞踏会はありえないので、代わりにできるだけ食べて埋め合わせというわけだった。

翌朝八時から、私は鉛筆を手にヴェヌス像の前に座りこんで、もう二十回も女神の頭部を写し取ろうと試みていたのだが、どうしてもその表情をうまく捉えるには到らなかった。ド・ペイルホラード氏は私の周りを行ったり来たりしながら、あれこれ助言をしたり、また例のフェニキア語源説を繰り返したりしていた。それからベンガル薔薇の花束を神像の台座の上に並べると、悲喜劇入り交じる芝居がかった調子で、これからわが家に住まうことになるカップルのための祈りを上げたものだ。そして九時頃になると、身仕舞いするために家に戻った。と、それと入れ違いにアルフォンス君が、新調の礼服にピッタリと身を包み、白手袋をはめ、エナメル塗りの靴、服には彫りを施した金ボタン、ボタン・ホールには薔薇を一本挿すという格好《いでたち》で現われた。

「どうか、僕の妻の肖像もお願いできますよね?」と、私の素描の上に身をかがめながら言った。

「あの人も、どうしてなかなかの美人ですよ。」

ちょうどこのとき、前に触れた打球競技《ボーム》のコートで試合が始まり、たちまちアルフォンス君の注意はそちらに奪われた。そして私自身もほどなく、問題の悪魔的な表情を写し取るのに絶望し、疲れはててデッサンを止め、選手たちを眺める方に廻った。連中のなかには、前夜到着した幾人かのスペインのラバ曳きたちが入っていた。アラゴンやナヴァラ地方の者で、ほとんどどれもが、素晴らしい腕前だった。キギエの連中も、アルフォンス君が観戦し、いろいろコーチしてくれるのに励まされたとはいえ、これら新来の選手たちを相手に、いとも簡単に負けてしまった。土地の観客たちは、もうガッカリしてしまった。アルフォンス君は懐中時計にチラと目をやった。まだ九時半になったばかり、母上の髪だってまだ結い上がってはいない。ならば決めた。礼服の上着を脱ぐと、ブレザーを持って来させて、スペインの連中に一戦申し込んだ。私はそんなやり方に少々驚きながら、しかし微笑ましくもあるなと思ってみまもっていた。

「なんたって、故郷《くに》の名誉がかかってますからね」と、言った。

このときほどアルフォンス君が、本当に美男に見えたことはなかった。同君はすっかり逸《はや》り立っていた。つい先ほどまで、それればかりに気を取られていた身仕度なぞ、もうどこかへいってしまっていた。数分前だったら、ネクタイが曲がらないかと、首を横に向けるのさえビクビクだったというのに！　いまやきちんとパーマをかけた髪型も、見事に鬟を揃えたシャツの胸飾りも頭から消し飛んでいた。では、花嫁は？……いやまったく私が思うに、もしもそうせねばならぬとなったら、結婚式だとて延期にしたことだろう。大急ぎで革鞋《サンダル》にはきかえ、袖口をたくし上げ、自信たっぷり、あたかもディラキウムの戦場で部下の兵卒どもの陣容を立て直したユリウス・カエサルよろしく、敗軍の戦列の先頭に立つのが見えた。私は生け垣を飛び越えると、両軍の陣容をうまく見渡せるように、榎の大木の蔭に座を占めた。

ところが大方《おおかた》の期待に反して、アルフォンス君は第一球を受け損なった。とはいえ、そのボールはスペイン・チームのキャプテンとおぼしきアラゴン男が、驚くべき力で打ってきたもので、コートすれすれに飛んで来たのではあったけれども。

男は四十代の、痩せて筋肉質、身の丈は六フィートばかり、オリーヴ色がかったその肌は黝《くろ》ずんでいて、ヴェヌス像の青銅《ブロンズ》とほとんど同じ色合いだった。

アルフォンス君は、怒り狂ってラケットをコートに叩きつけると、「クソッ、この忌々しい指輪の故《せい》だ！　指を締め付けやがって、絶対取れるはずのボールをミスらせやがった！」と、叫んだ。

そして、やっとのことでダイアモンドをつけた指輪を外すと、それを受け取ろうと近寄った私の先を越してヴェヌス像に駆け寄り、彫像の薬指に嵌めてしまった。そうしておいて、キギユ・チームの主将のポストについたものだ。

その顔は緊張で蒼白だったが、冷静さを失ってはおらず、必勝の決意を示していた。じじつもうこのときからミスはまったくなく、スペイン側は完敗の憂き目にあったのである。見物の熱狂ぶりは、それこそ大変な見物《みもの》だった。ある者たちは帽子を空中に放り投げながら、歓びの声を上げたし、ほかの連中はアルフォンス君を郷土の英雄よばわりして、握手を求めた。それは、たとえ本当に外敵の侵入を打ち破ったとしても、これ以上の熱烈かつ純粋な歓呼の声で迎えられたかどうかわからぬほどの熱狂であった。しかも負けた側の無念な様子が、同君の勝利をいっそうひき立たせていた。

「また試合やろうぜ、兄《あん》ちゃん」と、アルフォンス君は馬鹿にしたような調子でアラゴン男に言った。「けど、その時はハンディつきでだぜ。」

私は、同君がもう少し謙虚な口を利いてくれればいいのにと思ったし、また相手の受けた屈辱を思いやって、心が痛むような気がした。

じじつスペイン側の大男にはこの侮辱がよほどこたえたと見え、その日焼けして浅黒い顔からでも、サッと血の気が引くのが看て取れた。暗い表情で、歯を食いしばってじっとラケットを見詰めたが、やがて押し殺したような声で、「Me lo pagaras.（いまに見ろ。）」と、呟いた。

ド・ペイルホラード氏の声がして、息子の凱歌はどこかに吹っ飛んでしまった。わが主人は、新しい四輪馬車《カレーシュ》の支度を指図しているとばかり思っていた息子が見当たらないのに、大いに驚いていたのだが、その息子が汗みずくで、ラケットを手にしている有様を見て、すっかり仰天してしまった。だがアルフォンス君が家に駆け戻って顔と手を洗い、新調の服を着てエナメル靴を穿くと、あっという間にわれわれ一同ピュイガリッグに到る街道を、馬車で全速力の早駆け《トロット》という次第とはなった。町の打球競技《ポーム》チームの全員、それに観客の大部分が、歓声を上げながらわれわれのあとを追いかけた。その勢いといったら、われわれの馬車を曳いている屈強な馬たちといえども、この陽気で向こう見ずなカタロニアの群衆を向こうに廻して、なんとか幾許《いくばく》かのリードを保つのがやっとの有様だった。

ともかくわれわれはピュイガリッグに着いた。両家揃っての婚礼の行列が、まさに村役場に向かって行進を開始しようとしていた。そのとき、アルフォンス君がハタと額を打って、私にささやいたのだ。

「なんてことを！　指輪を忘れて来ちゃった！　ヴェヌスの指に嵌ったままなんですよ。ヴェヌスなんて、クソくらえだ！　でもこのことは、母にだけは言わないで下さいね。きっと母は、なにも気がつかないでしょうから。」

「なら、誰か使いをやったら」と、私が勧めた。

「いやぁ！　僕の召使いはキギュに残して来てしまったし、ここにいる連中の方は、どうもあまり信用できませんからね。なにしろ千二百フランのダイヤモンドなんだから！　変な気を起こしちまう者だって一人や二人じゃ済まんでしょう。だいたいこちらの方々《かたがた》だって、私の迂闊を知ったら、どう思うことか？　とんでもなくバカにされちまう。彫像の亭主だ、なんていってね……誰かに盗まれなきゃいいんだが！　幸いなことに、悪童連中はあの像を怖がっていますからね。手の届く範囲にまでは近づけないでしょう。なーに！　大したことじゃありはせん。僕には別の指輪もありますしね。」

民法上の結婚手続き、ならびに宗教上の婚礼、二つの儀式は、ともに相応しい華美をつくして執り行なわれ、ド・ピュイガリッグ嬢は、許婚《いいなずけ》が自分に捧げているのがパリのお針子の指輪、とはかつての色恋沙汰の証《あか》し、とは夢にも知らずに、指輪を受け取ったのである。ついで一同は食卓につき、飲み、食い、歌いさえした。それも、いつはてるともなく延々とである。私は花嫁の周りで起こる、いささか下卑た哄笑を聞きながら、さぞかし不愉快だろうとド・ピュイガリッグ嬢に同情した。けれども花嫁は、私が心配したよりはずっと上手に振る舞い、ときに当惑気味に顔を赤らめることはあっても、その態度にはぎこちなさも、また取ってつけたようなところも、微塵もなかった。

おそらく心の雄々しさというものは、困難な情況に当面して、はじめてその姿を表わすものなのであろう。

神のみぞ知る時刻に昼食が終わったときには、すでに四時を廻っていた。男たちは庭に散歩に出かけたが、まったく素晴らしい庭園だった。あるいはまた館《やかた》の芝生で、お祝いの晴れ着に身を飾ったピュイガリッグの百姓娘たちが踊るダンスを見物する者もいた。こうして、われわれは何時間か時を過ごした。この間、女たちは新婦の周りにドッと押し寄せ、花嫁は結納にあたって贈られた品々を披露して見せていた。それからお色直しとなり、私は花嫁が美しい髪に、まずボンネットをつけ、さらに重ねて羽飾りをあしらった帽子を被っているのに気がついた。というのも女性方たるや、いったんできるとなったら真っ先に、娘時代には習慣《しきたり》により身につけてはならぬとされている装身具をつけたがるものだからだ。

やっと皆がキギエに出かけようという気になったのは、八時近くだった。だがその前に、まだお涙頂戴の場面が残っていた。ド・ピュイガリッグ嬢の伯母上は、ずっと母親代わりをしてこられた方だったが、なにせたいへんなお歳で、かつ信心深い方だったので、われわれとともに、キギエの町まで来るのは叶わぬことだったからだ。出発にあたって、この方は姪に、妻としての義務について感動的な訓戒を垂れられたのだが、それがまた滝の涙と、際限《きり》のない抱擁をともなったものだ。ド・ペイルホラード氏はこの別れを評して、まるでサビナ娘たちの略奪の場面にそっくりだと言った。が、ともかくもわれわれは出発した。そして道中、各人が花嫁の気を紛らわせ笑わせようとこれ努めたが、どうにもうまくいかなかった。

　キギエでは、夜食がわれわれを待ち受けていた。が、それにしても、なんという夜食だったことか！　すでに朝方の下卑た哄笑や大騒ぎが私にとってはショックだったのだが、今度は新郎と、そして特に新婦をネタにして交わされる危なっかしい仄めかしや、下品な冗談ときては、それに勝ること数倍だった。新郎はテーブルにつく前、ホンの一瞬姿を消していたのだが、いまは顔色も青ざめ、凍りついたように深刻そのものといった表情を浮かべ、立て続けにコリウール酒の年代物を呷《あお》っていた。この酒ときてはほとんど焼酎《オ・ド・ヴィ》に勝るとも劣らぬほどきつい代物なのである。

　私はアルフォンス君の傍に座っていたので、注意してやらなければと思い、

「用心して！　葡萄酒はね……」と、切り出したうえで、あとは一座の連中とうまを合わせるため、なにか愚にもつかぬ御託を並べて、その場を取り繕った。

　アルフォンス君はテーブルの下で私の膝をつついて、聞こえるか聞こえないほどの低声でささやいた、

「皆が席を立つことになったら……その時、ちょっとお話ししたいことがあるんですが。」

　その真剣で、かつひどく改まった調子に私は驚かされた。そこで注意して同君の顔を見直すと、表情にただならぬ変化が起こっているのに気づいた。

「気分が悪いんじゃありませんか？」と、訊いた。

「いや、別に。」

そう言うと、また飲み始めた。

この間《かん》に、十一歳の男の子で、いつの間にかテーブルの下に潜り込んでいたのが、花嫁から盗《と》ってきたばかりの、踝に結んであった白とピンクのリボンを一同の前で振り廻して見せ、歓呼の声と盛大な拍手が湧き上がった。このリボンは「靴下留《ジャルチェール》」とよばれ、アッという間にいくつにも切り分けられて、列席の若い男どもに配られた。受け取ると、若者たちは上着のボタン穴に通して飾るのだが、これはいまだに一部の旧家の間に残っている当地の習慣《しきたり》に従ったもの、かつまた花嫁にしてみれば、顔から火が出るほど恥ずかしい瞬間でもあった……だが花嫁の混乱は、ド・ペイルホラード氏が立ち上がって皆に静粛を求め、即興と称して、カタロニア語の詩句を誦《しょう》して聞かせるに及んで、その極に達した。よくはわからなかったが、だいたいの意味はこういうことでもあったろうか、

「こはいかに、皆様方? 頂戴したる御神酒《おみき》の故《ゆえ》か、ものが二つに見えまするが? ここには二柱《ふたはしら》のヴェヌス……」

ここで物に怯えたように、新郎がとつぜん後ろを振り向き、その格好がまた一同の笑いを誘った。

「さよう」と、ド・ペイルホラード氏は続けた。「わが屋根の下《もと》に、二柱《ふたはしら》のヴェヌスおはします。

一柱《ひとはしら》は吾《われ》、これを松露茸《トリュフ》のごとく、土中に見出せり。他の一柱は、天より降《くだ》り給ひ、その貞操帯《サンチュール》をば、いま吾《われ》らに分かち与へ給ふ。」

貞操帯とは、かのリボン、すなわち「靴下留《ジャルチエール》」の謂《い》いである。

「倅《せがれ》よ、ローマのヴェヌスか、はたまたカタロニアのヴェヌスか、汝《なれ》の好《よ》き方《かた》を選べ。下郎め、カタロニア産を取りをるか。してその選びの、なんと善きかな。ローマの女神は黝《くろ》く、カタロニアの女神は白し。ローマのヴェヌスは冷たく、カタロニアのヴェヌスは近づく者すべてを燃え立たせ給はば。」

このオチは大変な喝采、割れるような拍手、盛大な笑いの渦を捲き起こしたので、私は天井が頭上に落ちてきはしないかと思ったくらいだ。食卓全体を見渡しても、まともな表情をしているのは新郎新婦とそれに私、この三人しか見当たらなかった。なんだか頭がひどく痛くなってきたし、それにどうしてかは知らぬが、結婚式というやつは、いつも私を憂鬱にしてしまう。しかもそればかりか、私は今回の宴には、いささか嫌気がさしていたのである。

前記「即興詩」の終わりの数節ときたら、節まで付けて、町の助役がまたこれを歌ったのだが、その内容は、これも言っておかなければならぬが、相当に危ないものだった。それが終わると、一同は花嫁の「お退《さが》り」を拝見するために、客間《サロン》に移動することとなった。花嫁はそろそろ寝間に案内されるはずで、それというのも、もう真夜中近くになっていたからである。

アルフォンス君は、私を窓際に曳っぱっていくと、目を逸らしながら言った、

「どうかしてるんじゃないか、と思われるかも知れませんけど……でも僕も、どうしたのかわからんのですが……なんだか、魔法にかけられたみたいだ！　クソッ、悪魔にでも攫《さら》われやがれ！」

まず頭に浮かんだのは同君が、かのモンテーニュやセヴィニエ夫人の語っている、ある種（想像からくる「不能《インポテンツ》」）の恐怖に脅かされているのではないかという考えだった。曰《いわ》く、「愛の世界は、もろもろの悲惨な物語で満ち溢れている、云々……」と、いうやつだ。

「こんな現象《アクシデント》は、思考型の人間にしか起こらないものだと思っていたのだが」と、私は独り言《ご》ちた。

「コリゥール酒を飲み過ぎたんだよ、アルフォンス君」と、言った。「さっき、ちゃんと注意してあげたでしょうが。」

「ああ、そうかもしれない。けど、これは、そんなことより、もっとずっと、恐ろしい、ことなんだ。」

その声は、ブツブツに途切れていた。これは、完全に酔っ払ってしまったな、私はそう思った。

「僕の指輪、よく知ってますよね？」、ちょっと黙ったあと、そう言った。

「ああ、それで！　盗《と》られちゃったんですね？」

「違います。」

「それなら、持ってるんでしょ？」

「いいや……僕は……僕は、あのヴェヌスの阿魔《アマ》の指から、抜き取れなかったんですよ、指輪を。」

「そんなことですか！　あまり強く引っ張らなかったんでしょう。」

「引っ張ったとも……けどヴェヌスが……指を曲げたんですよ、ヴェヌスが。」

そう言うと、すっかり動顛した様子で、こちらをヒタと見詰めた。自分が崩れ落ちないように、両開きの窓の掛け金にしがみついていた。

「なんて話だ！」と、言った。「指輪を深く差し込み過ぎたんだ。明日やっと、こで引っぱれば抜けますよ。でも、彫像を傷めないようにね、気をつけて下さいよ。」

「そうじゃない、言っとくけど、ヴェヌスは指を引っ込めた。指は内側に曲げられたんですよ。ヴェヌスは手を握りしめた。わかりますか？……いまは僕の妻、形としてはね、だって指輪をやっちゃったんだから……返してくれようとしないんだ。」

とつぜん全身にゾッと寒気を覚えて、一瞬鳥肌が立った。が、次の瞬間、アルフォンス君が深い溜息をつき、吐いた息から酒臭い臭いが鼻をついたとたん、その印象は跡形もなく消えてしまった。

「情けない奴だ」と、私は思った。「すっかり酔っ払っているだけじゃないか。」

「考古学者ですよね、貴方は」と、新郎は泣き出しそうな、哀れな調子で言い足した。「ああいう彫像のことは、よく御存知ですよね……きっとどこかに、なんかバネとか、魔法のからくりかなんかがあって、僕の知らない……行って、見ていただいたら、どんなもんですかね？」

「いいですとも！」と、言った。「あなたも一緒にいらっしゃい。」

「いや、一人で行ってもらえるのがありがたいです。」

私は「客間《サロン》」から出た。

夜食の間に、天気はすっかり変わってしまい、雨が激しい勢いで降り出していた。傘を貸してくれと言いに行こうとしたが、ふと思い直してやめた。「俺はとんでもない大馬鹿者ってことになりかねんぞ」と、独り言《ご》ちた。「酔っ払いの、口からの出任せを確かめに出かけるなんて！ひょっとすると、そのうえ、俺にとんでもない悪戯《わるさ》を仕かけて、それでもって、あのお人好しの田舎者どものお笑い草にしてやろうと企んでるのかもしれないじゃないか。そうでなくとも、せいぜい骨の髄までズブ濡れになって、ひどい風邪を引き込むのがオチだ。」

私は家の戸口のところで、雨を滝のように浴びている彫像に一瞥をくれると、「客間《サロン》」には戻らず、自分の部屋に上がった。ベッドには潜り込んだが、なかなか寝つけなかった。一日の情景がのこらず、次から次へと記憶によみがえった。かくも美しく、かつ清純な少女が、粗野で乱暴な酔っ払いの手に委ねられる様《さま》を思いやった。「両家の都合と打算だけで決まる結婚の、なんと憎《おぞ》ましいことか！」と、私は呟いた。「共和国の三色帯を肩から掛けた村長と、祭礼用のガウンを頭から被った教会の司祭が出てくると、それでこの世で一番という娘が、人喰いミノタウロスの餌食となってしまう！　互いに愛し合ってもいない二人の者が、もし愛し合っている同士ならば、命を懸けても手に入れようと望むあの瞬間に、いったいどんな言葉を口にすることができるというのだ？　ひとたび男がどんなに粗野で卑猥な生物《いきもの》かを見てしまった女《ひと》が、その男を愛するなどということが、はたしてあり得るだろうか？　第一印象というものは決して消えることはない。よって、これは私の確信だが、あのアルフォンス氏は憎まれるに足る夫ということになってしまうだろう……」

こう私が独り言《ご》ちている間じゅう（というのも、じつはここでは独言《ひとりごと》の内容をごく簡単に要約して述べただけで、じっさいはもっと長かった）家の中では大変な行ったり来たりが行なわれる音が聞こえ、たくさんの部屋の扉が開いたり閉まったりし、馬車が出て行く音が聞こえた。それから、階段を上がる何人もの女性の軽い足音が聞こえるように思われた。足音は、私の部屋とは回廊の反対の端に向かっていた。これはおそらく、花嫁のお床入りに付き添って行く女性たちだったろう。そのあとで再び、皆は階段を降り、ド・ペイルホラード新夫人の部屋の扉も閉められた。「いま、あの可哀相な娘は、どんなに気も動顚し、不安な状態でいることだろう！」そう言った。

て、私は不機嫌になって、ベッドの中でしきりに寝返りを打った。だいいち、婚礼がなし遂げられる当の家にやって来た独身者ほど、アホな役廻りにぶつかった者はいないわけだ。

すでに静けさがあたりを領するようになって幾許《いくばく》かの時間《とき》が過ぎた。と、とつぜん、階段を昇って来る重々しい足音によって静寂が破られた。木製の階段がギシッギシッと軋《きし》んで、大きな音を立てた。

「なんてガサツ者だ！」と、私は声を上げた。「こんな具合じゃ、階段を転げ落ちていくのなんか、請け合いだ！」

すべては再び静寂に戻った。考えの流れを変えるべく、私は手許にあり合わせた本を取り上げた。それは県の出した統計報告で、それにド・ペイルホラード氏のプラドォ郡の古代ドルイド教遺跡に関する論考が付録としてついているものだった。三ページ目にいくかいかないうちに目はふさがり、私は眠りに落ちていった。

だが私の寝つきは悪く、何度となく目を覚ました。おそらく午前五時頃だったろう、もうその二十分以上も前から私はベッドで目を覚ましていた。そのとき、雄鶏が時の声を上げるのが聞こえた。いまや陽は昇ろうとしていた。まさにその瞬間、私は、眠る前に聞いたのと同じ重い足音、同じ階段の軋む音をはっきりと聞いた。それはとても奇妙に思えた。私は欠伸《あくび》をしながら、いったいなぜアルフォンス君が、こんなに朝早く起きなければならぬのか、その理由《わけ》をあれこれ考えてみた。でもそんな理由は、なにも思い当たらなかった。また目を閉じようとしていると、足を踏み鳴らすような、ドタドタと異様な物音が聞こえて、私の注意は新たに呼び醒まされた。ほどなくそれに混じって、召使いを呼ぶけたたましい呼鈴の音《ね》、方々の扉がバタン、バタンと大きな音を立てて開く音、そしてなにやら大声で叫んでいる人々の声が聞こえた。

「あの酔っ払いめが！　どこかに火でもつけおったか！」と考えて、私はベッドから飛び下りた。慌ただしく身仕舞いをして、廊下に出てみた。回廊の反対の端から驚きの叫びと、悲嘆の呻き声が発せられていたが、そのなかでひときわ高く「息子が！　息子が！」と、悲痛な叫びが聞こえた。アルフォンス君に、なにか大変な不幸が起こったに違いなかった。私は新郎新婦の婚礼の部屋に駆けつけたが、部屋はすでに人で溢れ返っていた。まず私の目を射たのは半裸の若者の姿で、しかも体はベッドに横様《よこざま》に伸びており、ベッドの木枠が砕けていた。全身すでに鉛色で、身動き一つする気配もなかった。母親は死体の傍らで泣き叫んでいた。ド・ペイルホラード氏の方は興奮そのもの、息子のこめかみにオーデコロンをつけて擦《さす》ってみたり、気付けの塩を鼻にあてがって嗅がせてみたりしていた。とはいえ、哀れなことに！　息子はもうずっと前から、事切れていたのである。部屋の反対側に、長椅子《カナッペ》に座って、花嫁がいたが、おそろしい痙攣の発作におそわれていた。なにか言葉にならぬ叫びを上げていて、頑丈な女中が二人がかりで、やっと押さえつける有様だった。

「これは、いったいぜんたい！」と、私は叫んだ。「何が起こったんですか？」

ベッドに近づくと、気の毒な若者の体を抱えあげてみた。体はもう硬直しており、冷たかった。歯を食いしばっており、すでに黒くなっていた顔は、世にも恐ろしい苦悶の表情を示していた。その死が尋常ならざるもので、末期の苦しみが凄まじかったのは、一見して明らかだった。とはいえ、着ている物には一点の血痕も見られなかった。寝間着をはだけてみると、胸部に鉛色の圧痕《あっこん》が認められ、それが脇腹から背中へと続いていた。なにか鉄の箍《たが》のようなもので、ギュッと締めつけられたような感じだといったらよかろうか。足がカーペットの上に転がっている、なにか固いものを踏みつけた。身をかがめて見ると、それは、あのダイヤモンドの指輪だった。

私はド・ペイルホラード氏と夫人とを、二人の寝室に引き摺って行き、それから花嫁をそこに移させた。

「あなた方には、まだ娘さんが残っているでしょうが」と、言った。「介抱してあげなきゃダメでしょうが」そう言うと、三人だけにして部屋を出た。

アルフォンス君が殺人事件の犠牲となり、犯人たちが夜、花嫁の寝室に入り込む、なんらかの方法をみつけたのであることは、まず疑いないと私には思われた。だが、あの胸部についていた打撲傷《うちみ》と、体の周りに輪のように延びていく痕跡には、大いに頭を悩ませた。なぜといって、棍棒や鉄棒といった類の凶器では、ああした傷はつかないからだ。と、突然、ヴァレンシア地方では、金で人殺しを引き受けるヤクザどもが、細かい砂を詰めた長い革袋を鞭のように使って犠牲者を打ち殺すという話を、いつか聞いたことがあるのを憶い出した。とたんに、あのアラゴン者のラバ曳きと、男が口にした脅し文句とが頭に浮かんだ。だがそうはいっても、成り行きで口にした軽い捨て台詞《ぜりふ》をきっかけに、これほど凄まじい仕返しに及ぶなどということは、いくらなんでも有り得ないと思われた。

家じゅうを歩き廻り、なにか家屋侵入の跡でも見つからないかと探し廻ってみたが、いかなる痕跡も見出せなかった。庭に降りて、こちらから人殺しどもが家に入り込むことができたかどうか見てみたが、これといって確かな手がかりはなにもなかった。それにだいたい、前夜の雨が地面をすっかりグショグショにしてしまったから、はっきりした足跡をとどめている可能性はまずなかった。とはいえ、いくつかの足跡が地面に深く印せられているのだけは認められた。足跡の方向は二つで、たがいに正反対だが、一直線上に乗っており、打球競技場《ジュ・ド・ポーム》に隣接する生垣の角から発して、家の玄関に達していた。アルフォンス君が彫像の指に嵌めた指輪を取りに行ったときの足跡かもしれない。その一方、生垣はこの箇所で、他所《よそ》よりも繁り方が薄くなっていた。もしも下手人どもがこれを乗り越えたとすれば、それはこの地点でなければならない。そう考えつつ、私は彫像の前を往きつ戻りつしていたのだが、なんとなくある瞬間、女神をよく眺めてやろうと、その前に足を止めた。白状するが、私はこのとき、その顔に浮かんでいた皮肉たっぷりの悪意を湛えた表情を見つめて、狼狽と恐怖の念を覚えずにはいられなかった。かつ、今朝から目にしてきたばかりの、数々の恐ろしい情景がドッと頭に押し寄せて、あたかも地獄の女神が、この家を打ちひしいでいる不運を嘲笑い、喝采しているのを見るような気がした。

私は部屋に戻ると、正午までそこで過ごした。それから部屋を出て、主人一家の方々の具合はどうか尋ねてみた。それぞれ、やや落ち着きを取り戻した様子だった。ド・ピュイガリッグ嬢――というよりいまはアルフォンス君の未亡人というべきだろうが――も、意識を取り戻していた。いやそれどころか、ちょうどこのときヰギヱ地区を巡回中であった、ペルピニャン王立裁判所の検事に事情を語りさえしており、それは供述として正式に採用されていた。検事はまた、私にも供述を求めた。私は知っているかぎりのことを話したうえ、あのアラゴン人のラバ曳きについて抱いていた疑いも隠しはしなかった。検事は、同人が即刻逮捕されるよう命令を出した。

「アルフォンス夫人からは、何かおわかりになったことがありましたか？」と、供述書が作成され、署名が済んだところで、私は尋ねた。

「いや、あの気の毒なお若い方は、気が触れられてしまわれましたよ」と、悲しげな微笑を浮かべながら、検事は答えた。「気が触れてる！　百パーセント触れてますな。こんな話をされたんですよ。」

「『ことが起こったとき、自分は数分前から床《とこ》に入っていました』と、アルフォンス夫人は言われるんですよ。寝台の帳《とばり》はすっかり引いたうえでね。そこへ寝室の扉が開いて、誰かが入って来たんだそうです。そのときアルフォンス夫人は、ベッドの壁側の縁《へり》のところに、壁の方に顔を向けて身を縮めておられた。それも、みじろぎ一つせずにね。もうそれが自分の夫に違いないと決め込んでおられたのですからな。ところが次の瞬間、ベッドが、何か物凄く重い物がのっかったように軋んだ。で、もう怖くて、死にそうな気がしたけれども、とても頭をそちらの方に向ける勇気は出なかった。そのまま五分……十分ぐらい……正確にどのくらい時間が経ったか言えないんですけれど、まあ時間が経った。それから、われ知らずアルフォンス夫人が、あるいはベッドの中にいた人物が、身動きをして、互いの体が触れ合った。その冷たかったことといったら、『まるで何か氷のようだった』と、まさに言葉どおり言われるんですよ。アルフォンス夫人は恐怖のあまり、もう全身をブルブル震わせて、ベッドと壁との間の狭い隙間に落ち込んでしまった。そのちょっとあと、また二度目に扉が開いて、誰かが入って来ると『今晩は、僕の可愛いお嫁さん』と言い、すぐさま寝台の帳《とばり》を引き開けた。とたんに、圧《お》し潰されたような叫びが聞こえたそうです。自分の傍《わき》で横になって寝ていた人物が、上半身を起こして、両腕を前に突き出したように思えた。『そこで初めて頭を廻してみると……見えたのは』と、言うんですよ、『夫が、ちょうど枕のあたりのところで、ベッドの傍に膝まづいており、それを暗緑色の巨人が両腕で力いっぱい抱き締めている姿だった。』アルフォンス夫人はね、もう二十遍も私に繰り返したんですがね、哀れな方だ！……『見えたのは……』、誰だか見当がおつきですか？　『青銅《ブロンズ》のヴェヌス像、ド・ペイルホラード氏の彫像でした……』ってね。まったく、あの彫像が出現して以来、当地では誰も彼もがあれについて、なんだか夢みたいなことを言ってますよ。だが、気の毒にも頭のおかしくなった夫人の話に戻りますとね、『その光景を見て、自分は気を失ってしまった』そうです。だいたいそれより少し以前から、おそらく正気の方もなくなっていたんではないですかな。どのくらいの間、気を失っていたかまったくわからない。だが気がついてみると、例の幻影《ファントム》――つまり彫像ですな、そうあの方はずっと言い続けておられる――が見えた。じっと動かず、足と下半身はベッドの中、胸から上と前に伸ばした両腕、腕の中には御主人、それももう身動き一つしない御主人を抱き締めたまま、でね。と、『どこかで雄鶏の鳴く声がした。すると、銅像はベッドから出て、死体を床に崩れ落ちるに任せて、部屋を出て行った。』そこで夫人は、寝台の呼鈴の紐に取り付いた。その後のことは、御存知の通りですよ。」

問題のスペイン人も連行されてきた。だが同人は冷静そのもの、かつ理路整然、分別たっぷりに申し開きをした。だいいち、私が耳にした捨て台詞《ぜりふ》を否認さえせず、逆にああ言ったのは、明日になって体が休まったら、勝った奴に借りを返してやるという意味だったと述べたほどだ。ついでに、こうも付け加えたのを、いまでも覚えている、

「アラゴン男《もの》なら、侮辱を受けたら、明日まで仕返しを延ばすなんて真似はしませんな。もしア

ルフォンスさんに、私を侮辱してやろうという気があると思ったら、その場で腹にこの匕首《あいくち》を一発お見舞いしてまさァ。」

庭についていた足跡を、男の靴と較べてみることもなされたが、靴の方が足跡よりずっと大きいこともすぐにわかった。

そして最後に、男の泊まっていた宿屋の主人の、「昨晩はラバのうちの一頭が病気になったので、男は一晩中かかってそのラバに薬をやったり、体をさすってやったりしていた」という証言も得られた。

かつ、このアラゴン男は当地に毎年、商売にやって来て人にも知られており、評判も好いということも判明した。というような次第で、当局の方から「失礼した」と謝罪して、男は釈放ということに相成った。

そういえば、アルフォンス君が生きているのを最後に見たという召使いの証言のことを忘れていた。それは同君が、妻の部屋に上がって行こうというまさにそのときのことで、この召使いをとくに呼び寄せて、不安気な調子で、私がどこにいるか知っているかと尋ねたそうだ。召使いが、私の姿はまったくお見かけしておりませんと答えたところ、アルフォンス君は溜息をつき、一分あまりもじっと黙りこみ、それから「ヤレヤレ！　悪魔が、あの人もさらって行っちまったか！」と、言ったということだ。

私はこの召使いに、アルフォンス君と話したときに、同君はダイヤモンドの指輪をしていたか、と尋ねた。召使いは返事しようかどうか、迷っていたが、とうとう「そうは思いません。だいたいそんなことにはまったく注意しておりませんでした」と答えた。

「もしも若旦那様が指輪を嵌めていらっしゃったら」と、男は気を取り直したように続けた。「きっと私も気がついたことでしょう。というのは、もうとっくに若奥様におあげになったとばかり思っておりましたから。」

この男に質問しながら私は、アルフォンス夫人の供述が一家じゅうにもたらした、あの迷信的な畏怖に自分もいささかとり憑かれていたのだ。王立裁判所の検事はニヤニヤ笑いながら、私の顔を見つめていた。したがって私としては、もうこれ以上の詮索をすることは、いっさい差し控えた。

アルフォンス君の葬儀が執り行なわれてから数時間後、私はキギエを出立《しゅったつ》する手筈を整えた。ド・ペイルホラード氏の馬車が、ペルピニャンまで送ってくれることになっていた。哀れな老人は、あれ以来すっかり弱りこんでしまっていたにもかかわらず、どうしても庭の門のところまで一緒して、私を見送るといって聞かなかった。われわれは無言のまま庭を横切った。この間《かん》氏は、私の腕に取り縋って、やっとのことで歩を進める有様だった。いよいよ別れのときとなり、私はヴェヌスに最後の一瞥を投げた。この像が、一家の者、少なくともその一部の者の心に引き起こした、憎しみと畏怖の念を主《あるじ》が分かちもっているとは思えなかった。けれどもいまとなっては、ド・ペイルホラード氏が、見るごとに已れの恐ろしい不幸を思い出させずにはおかぬこの像を、どこかに始末してしまいたいと思うだろうことは、容易《たやす》く見当がついた。私の考えでは、これをどこかの博物館に寄付するよう約束させるのがいいと思っていた。だがそれを切り出すのは躊躇《ため》らわれた。そのときド・ペイルホラード氏が、私が見つめている方に機械的に頭を向け、視線が像を認めた。すると同氏は一気に、ワッと涙にくれた。私は氏を抱き締めると、あえて何言《なにごと》か口に出すことも叶わず、馬車に乗り込んだ。

この出立《しゅったつ》以来、なにか新しい光明が現われて、かの奇怪かつ悲劇的な破局《カタストロフ》の解明につながったという話は、いっさい聞かない。

ド・ペイルホラード氏は息子のあとを追って、数か月後に亡くなった。遺言により、同氏の手稿は私に譲られることとなり、いつかはこれを刊行することにもなろうかと思う。ただ、手稿中には、ヴェヌス女神像の銘文に関する覚書は見出せなかった。

追記　つい最近、友人のド・P氏がペルピニャンから寄越した手紙によると、あの彫像はもう存在しないとのことである。夫の死後、ド・ペイルホラード夫人が真っ先にやったことは、像を鋳《い》潰《つぶ》して教会の鐘にすることだったという。この新しい形のもとに、いまや像はキギエの教会に仕える身となったわけだ。とはいえ——と、ド・P氏は付け加えている——あのブロンズを所有するものには、なにか悪運がついてまわるようだという。じじつ、あのブロンズでできた鐘の音がキギヱに響き渡るようになってから、葡萄畑がすでに二度までも冷害に見舞われたとのことである。

註

（1）　モリエール『アンフィトリオン』第一幕第二場。
（2）「ヴェヌス」や「円盤投げ」を作った彫刻家。日本では「ミロのヴィーナス」と呼ばれている彫像の作者。ミロのこと。
（3）　ラシーヌ『フェードル』第一幕第三場。

解題

西本晃二

まず「解題」の常道にしたがい、作者と作品の解説から取りかかることとしよう。

本書で訳出した、それぞれ別の作家による作品三篇は、その発表年代とは逆の順序で配列してある(この順序にも、後述するように意味がある)。ここでもその順序にしたがって、最初にくる『鮫女《セイレン》』の作者ランペドゥーザから始める。

ジュゼッペ・トマージ・ディ・ランペドゥーザ(一八九六〜一九五七)は、二十世紀後半のイタリア文学最高傑作の一つ『山猫』の作者として知られる。この小説は、これも二十世紀イタリア映画の巨匠、ルキーノ・ヴィスコンチによって、クラウディア・カルディナーレ、アラン・ドロン、バート・ランカスターを起用して映画化(一九六三)され、評判を取ったので記憶しておられる方も多いと思う。ランペドゥーザの名は、同名のイタリア最南端、アフリカのチュニジア沖合に浮かぶ小島に由来する。この島は、最近の「チュニジアの春」革命が惹き起こした社会不安を逃れて、チュニジア難民たちがボートでどっと押し寄せたので、一躍有名となった。ランペドゥーザ公爵家はシチリアの大貴族で、この島を領有していたので公爵のタイトルにランペドゥーザが入っている。

ランペドゥーザが作家活動を行なったのは比較的遅く、かつ短く、一九二六～七年ジェノヴァで発行されていた"Le Opere e i Giorni"という月刊誌に、フランス文学・歴史についての論考を何回か寄稿したのを除けば、その死の直前の三年余りに限られる。代表作の『山猫』自体が、小説家ジョルジョ・バッサーニによれば、一九五四年の秋以降から五六年にかけて執筆され、その完成後ほどなく同五六年に不治の病（肺腫瘍）に冒されて、五七年七月には世を去っている。当時フェルトリネルリ社の編集に関わっていたバッサーニが、無名の差出人（＝ランペドゥーザ未亡人）から送られて来た『山猫』のタイプ原稿を手にしたのが五八年である。（じつはその前、作者の生前にモンダドーリ、エイナウディ両社が刊行を打診されたのだが、両社の持ち込み原稿査読を担当していたシチリア出身の小説家エリオ・ヴィットリーニが出版を拒否した。ヴィットリーニは、その不明はむろんのこと、同郷作家としての嫉妬まで取り沙汰されたが、これは行き過ぎで、ヴィットリーニの作品の傾向からして、『山猫』全篇に流れる没落の詩情に共感を覚えられなかったというのが事実に近いであろう。）いっぽうバッサーニの方はただちにその文学的価値を認め、その計らいにより『山猫』はフェルトリネルリ社から同年十一月に出版されるや、たちまち絶大な反響を呼んだ。これがランペドゥーザの作品の最初の刊行なので、他の作品も含めて、ランペドゥーザの作品（短篇三篇、そのうちの一篇は別に構想された小説の冒頭）は、すべて死後出版ということになる。

今回訳出した『鮫女《セイレン》』も、書かれたのは『山猫』に少し遅れた一九五六〜七年である。『山猫』に較べ、分量はずっと少ないとはいえ、その芸術的価値において勝るとも劣らぬとは皆が認めるところ、特に主人公のラ・チューラ教授は、『山猫』のドン・ファブリツィオ・サリーナ公爵よりも、さらにいっそう作者の分身としての資格を備えている。刊行は同じフェルトリネルリ社からで一九六一年である。拙訳も六一年版の再版（一九七二）を底本としている。

よく言われることだが、『山猫』にはランペドゥーザの政治・社会的思想が盛り込まれている。それは主人公が、甥のタンクレーディが何気なく吐いた言葉「もしも僕らがいまのままでいようと思うなら、僕らは変わらなきゃダメなんだ！」に、そう言った当人が思ってもみなかったような深い真理を見出す場面や、新生統一イタリア王国の政治に参画するよう説得にやって来た、ピエモンテ側の使者シュヴァレイの提案に一定の理解を示しながらも、最終的には元老院議員となることを固辞し、代わりにタンクレーディを推す場面などに見られる。だがこれらの場面、また作品全体にも通奏低音のように流れているのは、「滅びの美学」というか、抗しがたい「万物の移ろい」に対する諦めの念（加うるに、作者が属するシチリアの貴族階級の、如何ともし難い没落についての諦観が、二重映しになっている）である。

これに対して『鮫女』では、ムッソリーニお手盛り「イタリア学士院」、ファシスタ党「民文省」また「余暇利用者政策」などに対する「あてこすり」が随所に見られるとはいえ、主人公ラ・チゥーラ教授は、たしかに精神貴族ではあっても、じっさいの出自は貧しい小市民一家の息子、そのお相手はすでに没落してしまったシチリアの名家コルベーラ家の最後の生き残りで、かつトリーノの「ラ・スタンパ」紙の新聞記者となると、政治・社会的要素は後退する。そして代わりに主人公の永遠の恋人で、生者を海底の永遠の沈黙の世界に誘《いざ》なうリゲーア、古代ギリシャの歌の女神カリオペの娘で、自身も半神セイレンの一人であるリゲーアが登場するとなれば、より抒情的、かつ作者の個人的な告白の要素が強まるのは見易い道理である。その意味で、『鮫女』は『山猫』と対《つい》をなし、作者ランペドゥーザの内面を、より直接的に垣間見させてくれる短篇といえる。

ついでに言っておくと、「鮫人」については、中国の幻想的動物を列挙した『述異記』に「南海中有鮫人室、水居如魚。不廃機織、其眼能泣、泣則出珠」（＝南海の中に鮫人の住家がある。水中に棲んでいて、形は魚のようである。機織ることを止めず、その眼は能《よ》く泣くことを得、泣くと（涙として）真珠を出《いだ》す」とある。わが谷崎潤一郎には『鮫人』なる未完の小説があり、女主人公で浅草オペラのスター歌手、林真珠はこの記述を踏まえて造形されている。ただし本書では、「セイレン」が女性であるので、より分かり易くするために、男と女どちらともとれる「鮫人」ではなく、「鮫女」を用いた。ちなみに鮫は生物進化の歴史上、まだ温血化や哺乳化には到っていないが、最も早い時期に体内受精を実現し、胎生繁殖を行なった脊椎動物の一つである。

第二番目の『亡霊のお彌撒』の作者アナトール・フランス（一八四四〜一九二四）は、今日ではほとんど読まれなくなってしまった。理由は、その穏健な人道主義的進歩思想、バランスが取れて平易な古典的文体（プルーストの『失われた時』の対極）、寛容な無神論などが「当たり前」過ぎて、現代のようなドギツイ時代には、もう一つパンチに欠けると感じられるからであろう。だが十九世紀末から二十世紀初頭にかけては、まさにその同じ理由により非常に人気があった。『シルヴェストル・ボナールの罪』、あるいは『鶏料理ペドゥク女王亭』などがこの系統に属する作品である。とはいえ、フランス大革命の恐怖政治を描いた『神々は渇く』、ユートピア小説『ペンギンの島』など、社会的関心を中心に据えた作品も欠けてはいない。さらに特筆すべきは、一八九四〜一九〇六年にかけてフランス全土を二分、論争の坩堝に捲き込んだ反ユダヤ人差別問題「ドレフュス事件」において、エミール・ゾラとともに敢然とドレフュス擁護に立ち、その再審と無罪判決を勝ち取るのに貢献、もって良心的知識人の面目を発揮した事実である。どうでもよいことだが、一九二一年のノーベル文学賞を受賞していることも付け加えておこう。『亡霊のお彌撒』は、一八九〇年十二月にパリの新聞「ル・タン」紙に『クリスマスのためのコント／亡霊のお彌撒』という題で発表されている。この掌篇を選んだ理由と経緯については後述する。訳出の底本としては、パリのカルマン・レヴィ社から、作者の最終校閲を経て、死の前年一九二三年に刊行された短篇集『螺鈿の筆入れ』に納められているものを用いた。

最後に来るのが、時期的には一番早いプロスペル・メリメ（一八〇三〜一八七〇）である。メリメは小説家として『シャルル九世年代記』、そしてなによりもビゼーのオペラ『カルメン』の原作となった同名の短篇の作者として有名である。だが同時にフランス「金石文アカデミー」の会員でもあり、ナポレオン三世の第二帝政期には遺跡修復官として、時には恣意的という批判を蒙らなかったわけではないが、古代・中世の遺跡保存に活躍した。こうした経験が、今回訳出した『キギヱのヴェヌス』の登場人物、地方のアマチュア考古研究家ド・ペイルホラード氏のお国自慢、こじつけの史跡解釈と、そこから生まれた自説への固執、などに反映されているといえよう。

今回の翻訳の底本としては、パリのカルマン・レヴィ社刊行の『メリメ全集』全十九巻の第三巻、『コロンバ』（年記ナシ）の総題のもとに、『コロンバ』・『煉獄の魂』とともに納められている『キギヱのヴェヌス』を用いた。

＊＊＊

次に本書の総題『南欧怪談三題』について。まず「南欧」であるが、最初の『鮫女』は、出だしがイタリア半島北西部の町トリーノのカフェに置かれている。だがそれは物語の導入部かつ総枠（物語は、形としてはトリーノの町を出ることはない）のようなもので、この部分でもすでにラ・チゥーラ教授とコルベーラ新聞記者との会話に、エンナの町の高みから見渡せる一面の麦畑の穂波、パレルモのコンカ・ドーロの大気を満たすオレンジの芳香など、「永遠のシチリア」の美が語られる。そして、いよいよ本番に入って、アウグスタの入江で「鮫女」リゲーアが登場する場面をみれば、話の真の舞台が地中海に浮かぶ南欧の島シチリアなのは明らかである。

次の『亡霊のお彌撒』は、ガスコーニュ地方に舞台が設定されている。ガスコーニュはフランス南西部、ピレネー山脈と境を接し、かつ大西洋に面する地域、つまり南欧以外の何物でもない。最後に来る『キギヱのヴェヌス』の舞台「キギヱ」はルション地方、こちらはガスコーニュとは反対にイベリア半島の東の付け根、東ピレネー山脈に跨がり地中海に面して、かってのアラゴン王国を形造ったカタロニア地域と境を接し、半ばスペインといっても言い過ぎではない地方にある。「キギヱ」は、フランス語では「イール・シュール・ラ・テット」（＝テット川沿いのイール）の、「イール」のカタロニア読みで、これまた南欧の一地域であるのはいわずもがな。ちなみにセヴィリアを舞台にした『カルメン』、モーツアルトの歌劇『ドン・ジョヴァンニ』と同じ主人公ドン・フヮンを取り上げた『煉獄の魂』をみても、メリメにはスペイン趣味があったようである。

＊＊＊

ここでちょっと横道に逸れて、これら三篇の南欧を舞台とした物語を集めて一冊とし、上梓するに到ったについて経緯《いきさつ》から始めようと思う。

じつは三篇の翻訳のうち最初の二篇は、本書のために今回新たに訳出したのではなくて、すでに以前から出来ていた訳を手直ししたものなのである。

まず『鮫女』の場合を説明すると、近ごろよく「古典を新訳で！」という触れ込みで、世界文学の傑作を若手の翻訳者が、僕らが本を読み始めた頃、つまり昭和二十年代頃の訳とは一味も二味も違った軽快な日本語訳で、ヒットを飛ばした例を見かける。ドストエフスキーの『カラマーゾフの兄弟』もその一つだが、「原文や英訳で読んでみると、探偵小説みたいなサスペンスたっぷりの軽快な文章で書かれているんだよ」とロシア文学専攻の友人K君から教えられたことがあるから、さもありなんと思った。

　その一方でまた、僕の若い友人で中国文学のF君が最近、T大先生訳の魯迅『阿Q正伝』があまりにも明快、「噛み砕き」過ぎて、かえって原作執筆に際し魯迅の心を横切《よぎ》っていた「わだかまり」を消してしまったと指摘し、句読点を駆使して原文の味に迫ろうとした試みがある。じっさい翻訳というのは、すくなくとも文学作品に関しては、「横のものを縦にする」というほど簡単なものでないのは御承知かと思う。

　先の「古典を新訳で！」を売り物にしているある出版社が『山猫』の新訳をやってもらいたいという話を僕のところに持ち込んで来たのが今から二年前の二〇〇九年の十一月、『山猫』だけではちょっと短いから『鮫女』も併せて一冊ということになった。『山猫』については、本邦での初訳がなんと仏訳からの重訳、河出書房から一九六一年に出されている。この訳の出版に際して、同社が翻訳権を取得、それが河出書房新社に引き継がれたので、原作のイタリア語からの直訳が出し難《にく》くなってしまった。その後、作者の死（一九五七年）から五十年を経て、版権・翻訳権が共に消滅してから、御自身の訳を温めてこられたイタリア文学専攻のK氏が、やっと岩波書店から二〇〇四年に直訳版を出された。ただし僕はこれら二つの訳のうち、初めの仏訳からの重訳はむろん論外として、岩波の直訳版についても多少異議があるので、「屋上屋を重ねる」怖れなしとしないが、「ひとつやってみるか！」と、引き受けることにした。ついては訳の手慣らしに、短い方の『鮫女』をまずやって、「こんな具合でよいかどうか見てもらいましょう」ということにした。

ランペドゥーザは一九五七年に死んで、『山猫』は五八年に死後出版、よって版権は遅くとも二〇〇八年には消滅することになっていた。ところが、子供のなかったランペドゥーザは甥のランツァ・トマージを養子にしてあったので、この人物が義父の遺稿をいろいろ引っくり返した揚句、五八年版の版権が切れる以前の二〇〇二年に「新版」と称するものをフェルトリネルリ社から出し、これには版権所有がついている（これもイタリア人のやりそうなセコい手口、『山猫』は売れるから、たんに修正版を出して原作者の意図に近づけるだけで好いのに、かつ自分が書いたわけでもないのに、手を入れたというだけで版権をもう五十年延長して儲けようという魂胆）というわけである。

僕にしたところで、『山猫』はまだ一行も訳していないのだから実害はまったくない。ただ『鮫女』の訳だけはもう完成しているので、こちらは宙に浮いてしまった。さいわい『鮫女』の方は、ランツァ・トマージ氏が原作者の遺稿を調べても、出てきたのは手書きの原稿が一葉だけ。これに大幅に書き足して六一年の初版ができているのだから版権は消滅しているし、その他の訂正といっても刊行にあたったランペドゥーザ未亡人の原稿読み違いとおぼしき（とランツァ・トマージ氏がいう）語が二・三、という程度だから、新版に版権所有もないと思われる。それでも、後でゴタゴタするのも面倒臭いからと、「大事をとって」京都外国語大学所蔵の一九七二年版

（＝初版の再版）を底本に使っているから版権問題には抵触しない。よってこれを、本書に押し込んだという次第である。

次に第二篇『亡霊のお彌撒』（一九二三年）については、こちらは作者のA・フランスが死の前年に最終校閲をした版なので、内容からいっても、また時期的にいっても版権などという問題はまったくない。そうではなくて、拙訳をした時期が問題で、それが昭和四十九年（一九七四年）、なんといまから四十年近く前、なのである！

僕は当時、T大仏文のペエペエの助教授で、近代フランス文学のK先輩からA・フランスの短篇を訳してくれないかと、御下命があり、それがこの作品だった。読んでみると、まず第一に短いし、なかなか面白いから御命令に従うことにした。

ところがである、拙訳をお読みいただけばお判りの通り、話はガスコーニュ地方の、田舎の村の教会の堂守が語るという設定で、田舎のおっさんがお神酒《みき》が入るにつれて能弁になり、亡者の話をする。したがって、まだ若かったこともあって、僕は張り切って堂守の語り口を田舎弁で訳した。（僕は一九六二〜四年のイタリア留学中、とは授業で『山猫』を初めて知ったのと同じ時点で、イタリア「真実主義」（ヴェリスモ）作家ジョヴァンニ・ヴェルガの傑作『マラヴォリア家の人々』を勝手に読んで感激、これも二十五年かけて、近代化の波に乗り切れず没落していく登場人物、シチリア漁民たちが話す会話の部分を、四苦八苦でなんとか田舎弁で訳し、「なにもこんな厄介なことをしなくても」と、同業のイタリア文学研究家Y氏から呆れられたことがある。）同じように、『亡霊のお彌撒』訳でも、堂守の田舎弁が編集者のお気に召さなかったらしく、「標準語に書き換えてくれ」という注文が来た。まだ若かったからカッと来て、「バカなことを言うな、そんなことをいうなら訳は引き揚げる！」と取り返して書斎の抽出しに放り込み、以後ズッと眠っていた。それを今回、本書に押し込んだというわけである。

これらに対してメリメ『キギエのヴェヌス』の方は、前からいろいろな意味で「面白いな」とは思っていたが、べつに訳そうという気はなくこれまできた。だが、今回、あとの二篇が超自然を扱った怪奇譚であるので、それに合わせて、かつ未來社の西谷社長の「すでに訳がある二篇だけでは、一冊にする分量が足りないから」という命令もだし難く、これだけは本書のために新たに訳出したものである。

＊＊＊

さきほど「翻訳というものは、すくなくとも文学作品に関しては、『横のものを縦にする』というほど簡単なものではない」と書いたが、ここでチョッと横道に逸れて、外国作品を訳すという作業について私見を述べさせていただく。

まず第一に強調したいのは、翻訳ほど割の合わない仕事はないという点である。外国語の作品は、その言葉が生まれ育った文化の刻印を帯びており、それはむろんわが国の土壌とは異質なものである。にもかかわらず、言葉をコミュニケーションの手段として用いる人間が作り出した複数の文化の間に「人間性」という共通項を想定し、訳者自身が感じた（と思った）原作の魅力（＝意味内容とその表現の美しさ）を、完全ではないにもせよ、そのかなりの部分を日本語に置き換え伝えたいと希うところから、ことが始まる。

ところが原作の言葉であれ、また翻訳の言葉であれ、言葉というものは、時と場所とを捨象して現実を単純化、もって客観的（＝計量可能）だと称する数字や自然科学の記号とは違って、話者の喜怒哀楽つまり主観をも包摂する、より高次な表現手段である。それだけにまた、一つの言葉が表わす感情を、他の別の言葉に完全に移し換えることは、ほぼ不可能に近い。さらにそのうえにである、言葉を用いて何かを表現しようとする主体（＝作家）も、表現される対象（＝万物）も、双方とも本質的に限界を有する不完全な存在でしかない。まだある、人間の限られた知性が作り出した言葉自体が、とうてい完全とはいい難い道具なのだから、ことはさらに厄介となる。不完全な原語で書かれた作品を、これまた不完全な訳語で、文化的な壁を越えて日本語の世界に移し植えようとすると、どうしても壁に突き当たらざる得ない。

　例を挙げよう、フランス象徴詩派の大立者ステファヌ・マラルメに、傑作『骰子《さい》の一擲《いってき》』という詩がある。マラルメはこの詩を、未完の遺作『イジチュール』に取り込む。そして主人公のモネ船長に「完璧な作品」、つまり作者が作品を構成する一字一句にいたるまで完全に意識を行き渡らせて書き、ぜったい何一つ偶然に任されていないような詩を追い求めて、星雲の海原に乗り出させる。ところが旅の果てに船長が天空で目にしたのは、“un coup de dés JAMAIS n'abolira LE HASARD”と、星座のように散りばめられて光り輝く一句であった。

　この句を英語で逐語訳すれば、“A throw of dice will never abolish the hazard.＝サイコロの一振りは偶然を排除することは絶対に出来ない」となる。句のもっている意味だけでなく、その詩句としての勢い——平叙文なら“Un coup de dés n'abolira jamais le hasard”と書くところを、マラルメは句を小文字で始め、“JAMAIS（＝絶対に）”と“LE HASARD（＝偶然）”の二語をぜんぶ大文字で書き、かつ“JAMAIS”を動詞の前に置いて「絶対に（不可能）」の意味を強調すると同時に、“LE HASARD（＝偶然）”を最後に来させて句を締め括っている——をどう日本語に訳すか、多くのマラルメ研究者・詩人が頭を悩ませてきた。僕もその驥尾に付して試みると、「骰子《さい》の一擲《いってき》、絶えて成就する能《あた》わず、偶然《はずみ》の滅消を」とでもなろうか。これで「絶えて」と「偶然」を太字にすれば、“JAMAIS”と“LE HASARD”はなんとか日本語に移せるにしても、“LE HASARD”を句末にもってくることは、日本語の構造からしてできない。助詞の「を」がなければ、意味が通らなくなってしまうからだ。だがそうなると今度は、名詞止め句がもつ力が出てこない。と、こんなことを考えつつ頭を抱えるのが翻訳に他ならない。

そう思ってみると、同じ象徴派の詩人ポール・ヴェルレーヌの『秋の歌』(La chanson d'automne)の出だし“Le sanglot long/du violon d'automne/blesse mon cœur/d'une langueur monotone...”を、明治の上田敏が「秋の日の、ギオロンの、ひたぶるに、うら哀し」と、五音節句を連ねて日本語に移した『海潮音』の訳は、原詩に沿いながら、かつ独立して、われわれの心に時代を超えて訴えると感じるのは、僕だけだろうか。

脱線ついでに、『亡霊のお彌撒』の田舎弁との関連で、ルビと片仮名の使用についても触れておこう。読者は、本書で漢字につけた振り仮名つまり「ルビ」と、それに片仮名とが、比較的多く用いられているのに気づかれたかと思う。じつは近頃の編集者たちは、ルビと片仮名(それに漢字自体も)お嫌いとみえて、これでもすでにだいぶ削られているのである。だが翻って考えてみると、漢字文化の絶大な影響の下にあった日本では、幸か不幸か(両方だと思う)漢字と仮名の双方を用いて自己の言葉を書き表わす習慣が成立してしまった。諸橋大漢和字典には五万余字の漢字が収録されている。漢字は、その「象形・会意……」という成立過程からしても、表意を基礎としている。だからいったん漢字を知ってしまえば、字を見ただけで一瞬にしてその意味を察することが可能という利点がある。表音文字であるアルファベットを用いる西ヨーロッパ言語では、短い単語は別として、口には出さなくとも、少なくとも頭の中で単語を発音してみなければその意味を知ることができない。

ただし、漢字はもともと中国語を表記するために発明された文字だ。その漢字を借りて日本語を書き表わそうとしたわれわれの祖先には、漢字と「やまと言葉」の折り合いをつける手立てをみつける必要があり、そこで仮名が生まれた。仮名はアルファベット同様に表音文字で、いろいろこまかい問題はあるが、五十字を知ればいちおう日本語をすべて書き写すことができる。（とはいえ、日本語は同音異義語が多いのに分かち書きをしないから、仮名のみで句読点なしの書き下し文を読むのは、アルファベットだけのヨーロッパ語を読むよりもずっと難しい。そのことは「をとこもすなるにきといふものををむなもしてみんとてするなり」（＝男もするという日記というものを、女もしてみようとして、こうするのである）という、女になり代わった紀貫之『土佐日記』の書き出しをみても、それよりも仮名文学の頂点『源氏物語』を読むには、全篇漢字で書かれた弘法大師『三教指帰』を読むのと同じくらいの学識がなくてはかなわぬという事情を考えてみれば納得がいこう。

かくて、ものものしい意味の伝達を重んじた日本の男どもは、江戸時代の終わりまで疑似中国語（＝漢文）を公式文書の言葉として用い、そのいっぽうで女性たちや「やまと風」にハマった公家は仮名を用いて和歌や「消息」（＝手紙）をものした。だが、そんな格式や気取りとは縁もなければ、それを使いこなす知識もない一般庶民は、もっと直截な表現手段を求め、それが漢字・仮名まじり文に帰結した。『今昔物語』や『平家物語』の読み本で始まる、この新しい日本語表記法は爆発的な人気をよび、今日まで伝わっている。しかも漢字の表意文字としての利点を最大限に生かすため、江戸時代に盛んとなった寺子屋などでは漢字の読みを字の傍に仮名で書く「振り仮名」を多用して漢字の識字率を上げた。じっさい十六世紀に日本にやって来たカトリックの宣教師たちは、わが国の民衆レヴェルでの教養の高さに驚いている。

明治に入り封建制が打破され知識の普及が推進されると、新聞・雑誌・小説などの発行部数が飛躍的に増大する。そうした一般向けの刊行物では、読者の便宜をはかるために、すでに江戸時代の読み本・草紙・黄表紙など大衆向けの出版に採用されていた「振り仮名」が、さらに徹底的に取り入れられる。その結果が「総ルビ」という、出てくる漢字のすべてに「振り仮名」がつき、仮名さえ知っていればそれによって漢字が読める仕組みである。僕の漢字の知識は、子供時代に読みふけった講談本、三好清海入道や霧隠才蔵（『真田十勇士』）、曲垣平九郎（『寛永三馬術』）らの活躍、そして曲亭馬琴の『南総里見八犬伝』――これこそ儒教の薄皮《オブラート》にくるまれた怪談以外の何物でもない！――に負うところが大きい。

さらにまた「振り仮名」は、漢字が音読みで表わす意味内容に、訓読みの「やまと言葉」の振り仮名をつけて、漢字の意味と、仮名の読みの微妙なズレを楽しむという芸当をも可能にする。本書に出てくる例でいえば、第一話で新聞記者のコルベーラが「……僕の欠陥《あな》だらけの知識をもってしても……」のルビ「あな」がこれに当たる。そればかりではない、この話の題『鮫女《セイレン》』にカタカナのルビを振ったのは、「セイレン」（ギリシャ神話の登場人物）という、片仮名であるから外国の神の名前の内容を、「鮫女」という漢字二字熟語の意味によって説明したものである。こんな素晴らしい表現技術は、漢字と仮名――それも平仮名と片仮名の二種類――という表記手段をもち、かつ「振り仮名」という特別な印刷方式を擁する日本語だからこそ可能な、まさに天然記念物的な離れ業なのである。それを、ルビを振るのは面倒臭いし手間もかかり、また読むにもわずらわしい（本当だろうか⁉）というだけの理由で、元の漢字の方をできるだけ「ヒラく」、とは仮名書きにして、通りいっぺん、味も素っ気もない日本語に直しただけという文章を「訳」と称するのは、いかにも情けないという気がする。

片仮名についても同様である。片仮名は、がんらい仏教経典のなかで漢字による意訳の他に、悉曇《しっどん》という、陀羅尼《だらに》や固有名詞などのサンスクリットの発音を、そのまま漢字で模して音訳した部分の発音を示すため、あるいは漢文の読み下しを助けるために、漢字の一部を切り取って「返り点」などと一緒に用いたものが「ヲトコ点」となり、平仮名と平行して五十音の表記システムとなったのである。したがって、もともと外国語の表記と関係があり、明治の開国以来おびただしく入ってきた西ヨーロッパ語の音表記にはこれを用いる慣行が定着した。先の「オブラート」、「セイレン」がこれに当たる。

だがそれ以外にも、平仮名とは違う角張った字形の特徴を生かして、「ハッとする」、あるいは「ヤヤコシイ」、「ガッカリだ」などのように、平仮名で書いても音価は同じだが、字形の変化で単語の意味を強調することができる。むろん濫用すればバナナの叩き売り同様、かえって効果の下落をきたすのは当然だが、頭から毛嫌いするのではなくて、その効果的な使用を追求し、もって変化に富んだ豊かな表記法を達成すべきであると考えるのは、はたして僕だけだろうか。

＊＊＊

話を横道から元に戻して、本書総題の後半部分「怪談」についてだが、そもそも「怪談」とは、人間の理性では説明のつかない超自然、神秘的な事件を扱った物語をいう。ところがその「怪談」の在り方が、わが国など非ヨーロッパ世界と、ヨーロッパ、とくに西ヨーロッパにおいてとではかなり違っている。

よくいわれることだが、西ヨーロッパ世界は古代ギリシャ・ラテン文明と、ユダヤ・キリスト教文化の接合の上に成り立っている。この二つのうち、古代ギリシャ・ラテン文明の方は、東アジア文明圏と共通するところが多く、宗教的にも、東アジアが途中で仏教という非常に哲学的な普遍宗教の洗礼を受けたとはいえ、万物に精霊が宿るとするアニミズムの影を強くとどめているのと同様、多神教の世界である。

これに対して、西暦紀元一世紀ごろから西ヨーロッパ世界に浸透していったキリスト教は違う。もともとキリスト教はユダヤ教から出ている。ユダヤ教はユダヤ人の民族宗教で、パレスチナ地方に並立・競合する諸民族がそれぞれ崇める神々との対抗上、ユダヤ人に限定された唯一・排他的なエホバという神を信奉する一神教だが、敵対する他部族の神々を偽物だと攻撃するとはいえ、しばしば他部族（の守護神）に打ち破られているわけで、相手を認めないわけにはいかず、その意味では複数神の存在を認めるのだから、他の民族宗教とべつに異なるところはない。

しかるに西暦紀元前六年か四年ごろ、エルサレム近辺で生まれたイエスというユダヤ人が神懸《かみがか》りして自分を「神の子」と称し、のちにキリスト教と呼ばれることになる新興宗教を興す。この新宗教は、当時形骸化して律法でがんじがらめとなっていたユダヤ教（ばかりでなく他のすべての宗教）を否定し、民族（人種）や国籍、富や階級を問わず、キリストを神と信じ、その教えに従う者すべてに開かれていると説く。その意味では普遍宗教ということもできるが、のちにこれまたユダヤ教から派出するイスラム教と同様、教祖キリストやムハマッドといった実体的な人物への帰依を強制する点で、万物の本質すなわち「空」の理解を核心とする仏教よりずっと限定的かつ排他的である。（もともと部族宗教であるのに、むりやり普遍化したのだから、信者にとっては別だが、その主張に辻褄が合わないところが出てしまう。）

そのうえ、「一神教」の建て前から地球、それどころか宇宙全体をも、唯一の神（といってもキリスト教の場合、西暦三二五年のニケア公会議が決めた）「父なるエホバと子なるキリスト、それに精霊」という、三位だが一体であるヤヤコシイ神格が治《しろ》しめして、何事もその意思（＝摂理）に背いては存在し得ないとなると、たちまち厄介な問題を抱え込む。たとえば善悪の問題がそれで、「この世になぜ悪が存在するか、至高善である神は悪を認め給うのか？――人の罪を罰するため。――人が罪を犯すのは、神がそれを望まれたからか？　だとすればそれは「罪」といえるか、「罰」に価いするのか？――いや、人には自由意思があって、自己の行為に対する責任を負わなければならない。――とすると、神の意思に反した行為（＝悪）を人は望むことができるか？それは『すべてを神が治しめす』という建て前に反しないのか？」などである。だいたい「善」とか「悪」とかいっても、それは限られた判断力しかもたない人間が、時の社会情勢や慣行に従って適当に決めた可変な基準であるのに、それを全能の神の摂理が定めた「絶対善」・「絶対悪」とするから（エラスムスとルッターの「自由意思↕奴隷意思」論争のように）問題が厄介になってくるのである。

しかもそこに、十三世紀の末年あたりからイタリア半島中・北部で興ってきた、都市を中心とする世俗的思考が、「理性」というこれまた人間の中途半端な判断能力を絶対化しようとする動きが加わる。ピコ・デラ・ミランドラの『人間の尊厳について』（一四八六年）は、古代ギリシャの神秘主義的プラトン哲学とキリスト教グノーシス派の主知主義の奇妙な混合物、つまり「ネオ・プラトン主義」のマニフェストである。ここでピーコは、旧約聖書にあるユダヤ教の天地創造神話を援用して、神は人間のみに、宇宙の万物に勝る特権的な地位を与えられたと説き、じつに臆面もない「人間中心主義」を展開する。次いで十七世紀にデカルトが『方法叙説』（一六三七年）で、「理性」こそは神が人間のみに直接与えたもうた判断能力で、万物を計る尺度に他ならないと主張する。理性つまりロゴス（＝言葉）は、正しく用いれば、人を神の真理に到達せしめることを得る、万能の道具というわけである。

すでにパスカルが「私はデカルトを許すことができない。彼はできることなら、神なしで済まそうと思った」（『パンセ』）と決めつけたデカルト、ただしそのデカルト本人は、南西ドイツはウルム近郊の野営地で神秘主義的な体験をしたぐらいだから、むろん無神論者ではなかった。けれどもそのオケラたちとなると、（一）メディチ家の教皇レオ十世が仕出かした、ヴァチカンは聖ピエトロ寺院の建築工事費捻出のための「免罪符」大売出と、それが保守派キリスト教原理主義者マルチン・ルッターの反撥を買い、かつ自領の富がローマに吸い上げられるのを嫌ったドイツ諸侯の尻押しもあって、「宗教改革」（一五一七年）に火がつきキリスト教世界はカトリックとプロテスタントに分裂し、教会の権威が後退したこと、（二）それによって異端邪説として弾圧されていたコペルニクスやガリレオらの科学的発見の復活、およびその応用的利用がアルプス以北のヨーロッパで始まり、「啓蒙主義」の盛んになる十八世紀後半にいたると産業・経済が大きく発展（＝産業革命）したこと、これら二点の情況変化を踏まえて、「理性」の権威を極端にまで高めようとする機運が西ヨーロッパで生ずる。（その結果が、「万物理論」などという、「無限」の仕組みを解明する理論——「有限な」人間の能力を超える理論——の発見が可能と信じて止まない物理学者たちの「科学教」や、その実用新案版「宇宙開発事業」や「原爆・原発事業」に帰結する。）

だがここでは、そんなヤヤコシイ問題は措くとして、当面われわれの関心の対象である「怪談」に話を戻すと、キリスト教の権威は大幅に後退したとはいえ、それでも他の民族同様、自己の（肉体的・知的）限界を感じざるを得ないヨーロッパ人の精神的安定の拠り所となっていた教会にとり、「理性」（＝たかだか「常識」に毛が生えた程度の判断力）では説明のつかない不思議な現象はすべて、一神教の「神の摂理」を掻き乱そうと狙う悪魔や、異教の邪悪な神々の仕業と断定され、「黒魔術」の世界に追い込まれてしまう。

古代ギリシャ神話の世界では天空を支配し雷霆を轟かす大神《おおかみ》ゼウス、海原を統《す》べ嵐を捲き起すポセイドン、冥界を治しめすハデス、それはかりかすべてを呑み込む時「クロノス」、神々の力をもってしてもその決定を如何ともし難い、生死を司る強大な三女神モイラ、これらがみな、近代西ヨーロッパ世界では、古代ギリシャ人の「子供だまし」以外の何物でもなくなる。またケルトやゲルマン民族の神々に対する信仰も迷信の産物か、それとも唯一神の権威への挑戦と見做され厳しい監視下におかれ、「いじけた力」となってしまう。かくて「怪談」は、そうした諸力が幻術《まやかし》で産み出す、一見不可思議な現象を物語る不埒《ふらち》なジャンルに成り下がった。（とはいえ自己の有限性を意識せざるを得ない人間は、自分の理解を超えた不思議な現象に接して強い印象を受けざるを得ず、ジェラール・ド・ネルヴァルやE・T・A・ホフマン、またエドガー・アラン・ポオなどが怪談に手を染めているし、近ごろのSF小説も怪談の一種といっても差支えないかも知れない。）

これに対して、西欧キリスト教の埒外にある地域では、「怪談」は依然として力を失わず、生き生きとした活力を保持していた。小泉八雲こと、アイルランド人の父とギリシャ人の母との間に生まれたラフカディオ・ハーンが、カリブ海などで新聞記者をしたのちにやって来た日本も、とうぜんこの地域に入っていた。そしてそこに見出される超自然に対する信仰や畏敬は、独断的なキリスト教の排他性や、傲慢な理性万能主義に飽いていた八雲に心の安らぎを与えたと思われる。それこそが西欧世界に別の世界の心の在り方を知らしめようと、八雲が『怪談』を書いた理由である。

その顰《ひそ》みに倣って、ただし本書では反対の方向に向かって、（前述ジェラール・ド・ネルヴァルやE・T・A・ホフマンの例に見られるように）「怪談」は西ヨーロッパ世界においても決して死なず、時とともにさまざまな現われ方をしている様子を示そうと思って三篇の物語を取り上げた。最初に来る『鮫女』は二十世紀中葉の作品で、作者のランペドゥーザは、ヴィスコンチの映画『山猫』の幕切れの場面を見ても知られるように、決してキリスト教徒であることをやめていない。しかしその信仰の在り方は一種の生活習慣であって、決して作者の感性そのものに根差す古代ギリシャ・ラテン文明とせめぎ合うことはない。むしろリゲーアに代表される神話・超理性（＝怪談）の世界は、ラ・チューラ教授が「鮫女たちは（もし仮にそれが事実であったとしても、たかがオデュッセウスを取り逃がしたぐらいの取るにも足らぬ失敗で）死んでしまうなんてことがあるわけがない。だいたい、死ぬといって、不死の身なのに、どうやって滅びることなぞできるというんだ」と喝破する通り、だんぜんその存在を主張する。そしてそれを信ずる、というより体験した教授は、限りある身で決然かつ従容と（ただし二十年前パオロ・オルシとの会談のためシチリアを訪れたときは、アウグスタ近辺で海岸沿いを走る汽車路線を避けて、内陸経由の自動車道路を選んだとはいえ）レックス号のデッキから身を躍らせ、ハムレットの「絶えていかなる旅人も還《かえ》り来たるためしなき境界《さかい》」へと、リゲーアとの永遠の合一に赴く。

これに対して第二番目『亡霊のお彌撒』は十九世紀末から二十世紀初頭の、いわゆる「ベル・

エポック」時代に書かれた。その、いかにも現代では不人気の原因となった折衷主義は、「超自然」とは言い条、じつは我々の限られた理性を超えたというだけで「黒魔術」の域に落とされた愛の怪異を、ドオモン・クレリィの若殿のいわゆる「天使《あまつみつかい》さえ、もよおされる」憐れみによって、善き「白魔術」の世界に温かく救い取られる。それは作者アナトール・フランスの、不信心者のカトリック的解決に他ならない。

そして最後の『キギヱのヴェヌス』こそは、キリスト教の伝播以来、「怪談」が西ヨーロッパで伝統的に受けてきた矮小化の扱いを示して余すところがない。「黒い大女」（黒は「黒魔術」の黒）異教の邪神ヴェヌスは、初めからオドロオドロしい悪の化身として立ち現われ、それと知らずに自分に鶴嘴の一撃を加えたジャン・コルに、その脚を砕いて報復し、さらに自分に向かって投石した悪童たちを懲らしめる。だがそれよりももっと重大なことに、軽はずみな若者アルフォンスを（教会の「神聖な」儀式によって結ばれた）花嫁から奪ってしまうのである。それは、可憐な花嫁の犠牲において成立する打算的な結婚に内心反対だった舞台廻しの考古学者にしてみれば、むしろ歓迎すべき行為なのに、やはり邪悪の振舞いには違いないのである。

しかもそのうえリゲーアの仲間たち、ラ・チュゥーラ教授に「死ぬといって、不死の身なのに、どうやって滅びることなぞできるんだ」といわれた半神の「鮫女」どころか、まさにオリンポス十二神のうちでも最有力の一人、「愛を司どる」ヴェヌスの女神像ともあろうものが、もし本来の古代神話の活力を具えているなら、キギュの住民どもが己れを鋳潰そうとするその瞬間、夫で火の神ヴルカヌスを呼びよせ、投げ込まれた炉を爆発させて、火柱とともに天に昇ってしかるべきところを、(息子が自業自得で連れ去られた)ラ・ペイルホラード夫人の意思のままに、片田舎キギュの町の教会堂の鐘と化し、にもかかわらずその呪いは消えることなく、鐘の響きが聞こえるようになってこの方、村の葡萄畑は二度も冷害にあうという(ケチな)「大厄災」を受けたと締め括る。これこそ神話の矮小化・冒瀆でなくて何であろうか。

本書を通読された読者の方々がもう一度、メリメ→アナトール・フランス→ランペドゥーザと、今度は執筆者の時代順――とは本書とは逆の順序――で三篇を読み返す、あるいは思い返していただくと、限られた存在でしかない人間と外界との付き合いに変化と豊かさをもたらす「不思議の物語」が、西ヨーロッパにおいて、キリスト教の無理な一神教的万物支配から脱しつつ、かつまたルネッサンスの独善的な人間中心主義に胚胎した理性万能主義にも圧殺されることなく、時間軸に沿ってしたたかに転生・回帰してくる有様が、浮かんでくるのではないだろうか。

拙訳が陽の目を見るを得たについては、かつての教え子で未來社社長の西谷能英君の、老生を援けてやろうという近ごろ稀な俠気《おとこぎ》が第一、次に同社編集部の長谷部和美さんの、訳者のダダに辛抱強くつきあって、なんとか現代の読者にも読めるところまでもっていって下さった御親切に負うところが大きい。ここにお名前を特記して、御両人に対するお礼に代える次第である。

ジュゼッペ・トマージ・ディ・ランペドゥーザ（Giuseppe Tomasi di Lampedusa）
1896～1957年。イタリアの著述家。同名のイタリア最南端アフリカのチュニジア沖合に浮かぶ小島に由来するシチリアの大貴族で、この島を領有していたので島名にランペドゥーザの名が入っている。ヴィスコンティによって映画化された『山猫』の作者として知られる。

アナトール・フランス（Anatole France）
1844～1924年。フランスを代表する詩人・小説家・批評家。十九世紀末から二十世紀初にかけて人気を博し、1921年のノーベル文学賞を受賞。「ドレフュス事件」において、エミール・ゾラとともにドレフュス擁護に立ち、その再審と無罪判決を勝ち取るのに貢献、良心的知識人の面目を発揮した。

プロスペル・メリメ（Prosper Mérimée）
1803～1870年。フランスの作家、歴史家、考古学者、官吏。『シャルル九世年代記』、そしてビゼーのオペラ『カルメン』の原作となった同名の短篇の作者として有名である。法学を学んだ後官吏になり、歴史記念物監督官として、多くの古代・中世の遺跡保存に活躍した。

西本晃二（にしもと・こうじ）
1934年奈良県生まれ。東京大学文学部（仏文）卒業、同大学院博士課程修了。カナダ・ラヴァル大学で博士号、1965年よりパリ大学博士課程。在ローマ日本文化会館長、政策研究大学院教授、同副学長を務める。東京大学名誉教授。現在、早稲田大学国際言語文化研究所招聘研究員。著書に『岩波講座文学3』（共著、岩波書店、1976）『イタリア文学史』（共著、東京大学出版会、1985）『落語『死神』の世界』（青蛙房、2002）『モーツァルトはオペラ―歌芝居としての魅力をさぐる』（音楽之友社、2006）。訳書にバルザック『従妹ベット』（『新集世界の文学6』中央公論社、1968）ベック『メジチ家の世紀』（白水社、1980）ヴェルガ『マラヴォリア家の人びと』（1990）『ヴィーコ自叙伝』（1991、みすず書房）。

[転換期を読む 14]
南欧怪談三題

2011年10月25日　初版第一刷発行

本体1800円＋税――――定価

ランペドゥーザ
A・フランス　――――著者
メリメ

西本晃二――――編訳

西谷能英――――発行者

株式会社　未來社――――発行所

東京都文京区小石川3－7－2
振替00170-3-87385
電話(03)3814-5521
http://www.miraisha.co.jp/
Email:info@miraisha.co.jp

精興社――――印刷
五十嵐製本――――製本

ISBN 978-4-624-93434-7 C0397